KB015427

스켈레톤 마스터

WISHBOOKS GAME FANTASY STORY
더페이서 게임 판타지 장편소설

스켈레톤 마스터 14

더페이서 게임 판타지 장편소설

초판 1쇄 찍은 날 | 2019년 7월 22일
초판 1쇄 펴낸 날 | 2019년 7월 29일

지은이 | 더페이서
펴낸이 | 예경원

기획 | 위시북스
편집책임 | 이규재
편집 | 위시북스

펴낸곳 | 예원북스
등록번호 | 제396-2012-000132호
등록일자 | 2012. 7. 25
KFN | 제1-446호

주소 | 경기도 고양시 일산동구 호수로 646-24 위너스21II빌딩 206A호 (우)10401
전화 | 031-819-9431 팩스 | 031-817-9432
E-mail | yewonbooks@naver.com

ISBN 979-11-6424-595-6 04810
      979-11-89348-43-4 (set)

스켈레톤 마스터
14
WISHBOOKS GAME FANTASY STORY
더페이서 게임 판타지 장편소설
Wish Books

스켈레톤
마스터

⋯ CONTENTS ⋯

제1장
메인 에피소드 2

갑자기 떠오른 홀로그램에 무혁은 조금 혼란스러웠다. 메인 에피소드2가 열리는 시점이 생각했던 것보다 훨씬 더 빨랐기 때문이다.

족히 반년?

본래라면 에피소드2보다 포르마 대륙의 왕국과 왕국, 그리고 제국과 제국 간의 알력다툼이 먼저 일어나야만 했다.

그걸 뛰어넘고서 갑자기 진행이 되어버리니 놀랄 수밖에.

하지만 혼란은 잠시였고 이내 대륙 간의 길이 열림으로써 얻을 수 있는 이익들이 무수히 떠올랐다.

아주 단순한 것도 돈이 된다. 포르마 대륙의 값싼 어떤 물건은 타 대륙에서 상당한 가치를 지니는데, 그것들을 독점하여 판매하기만 해도 상당한 부를 쌓을 수 있는 것이다.

이런 기본적인 것들을 제치고서라도 얻어야 할 것이 많았다. 에피소드의 이름부터가 각 대륙에 숨겨진 힘이 아닌가. 그 힘을 차지하는 자가 일루전을 지배할 것이다.

"이거, 대박 맞지?"

옆에 있던 성민우의 목소리였다.

"어, 대박이지."

"오빠, 그럼 이제 다른 대륙으로도 갈 수 있는 거야?"

"아마도."

"우와……!"

그들의 반응에 절로 미소가 그려졌다.

뭐, 좀 빠른 감은 있지만. 그러면 어떤가.

즐길 거리가 더욱 늘어났다는 사실이 중요할 뿐이었다.

"일단 칼럼 마을로 돌아가자. 준비 좀 하고 우리도 대륙으로 가야지."

"오케이! 흐으, 기대되는구만!"

다른 대륙으로 넘어가기 전에 해야 할 일이 꽤 있었다. 먼저 마을을 안정시킬 필요가 있었고 함께할 동료도 추가해야만 했다. 특히, 사제. 사제는 적어도 한 명은 영입할 생각이었다.

정보도 좀 정리하고.

하루 정도의 시간이 소요되겠지만, 절대로 남들에게 이익을 빼앗기는 일은 벌어지지 않을 것이다.

일단 다른 대륙으로 향하는 길부터가 험난할 테니까.

"군마 소환."

이동하는 길에 설정창을 열어 일루전TV의 채팅 상황을 확인했다.

-하 ㄲㅠ 지금 야근 중이라고요! 빨리 집에 가서 접속하고 싶다아아아!
-나도오오오오!
-와, 미친. 드디어 다른 대륙도 갈 수 있겠구만.
-저 초흥분 상태입니다.ㄷㄷ
-저도……. 에피소드 이름부터 남다르네요ㅋㅋㅋ
-각 대륙에 숨겨진 힘……!
-크, 벌써부터 기대되지 않음? 그 주인공이 나일지도?
-그건 좀…… ㅋㅋㅋㅋㅋ
-ㅇㅈ
-ㅋㅋㅋㅋㅋㅋ
-그래도 기대는 됨. 뭔가 새롭고 재밌을 듯.
-나중에 대륙 전쟁하면 쩔겠다…… ㅋㅋ
-워, 대륙 전쟁……!
-벌써부터 한 번 지리고 갑니다.

예상대로 반응이 뜨거웠다.

-무혁 님, 다른 대륙 가실 거죠? 갈 거라고 믿습니다
-당연히 가겠죠.
-근데, 무혁 님은 마을 촌장이잖아요.
-그렇죠?

-마을 키워야 하는데, 다른 대륙까지 갈 시간이 있음?

-음……!

-그건 생각 못 했는데…….

-잘하시겠죠ㅋㅋㅋㅋㅋㅋ

-무혁 님만 믿습니다!

-다른 대륙 유저 새끼들 다 발라 버려주세요!

이후로도 쉴 새 없이 올라오는 채팅들.

어우, 눈 아파.

채팅방을 끄고 홈페이지를 열었다.

여기도 난리겠지?

먼저 자유게시판에 접속했다. 슬쩍 훑어봤는데 에피소드라는 단어가 들어가지 않은 게시물이 정말 단 하나도 없었다.

"와우."

절로 감탄이 튀어나왔고.

"오빠, 왜?"

"어? 아니. 심심해서 홈페이지 보고 있는 중이거든."

"아아, 떠들썩하지?"

"엄청나네."

"나두 구경이나 해야지."

다들 홈페이지 구경에 여념이 없을 때, 도란이 무혁을 쳐다봤다.

"저기, 주군."

"응?"

"홈페이지가 뭡니까?"

"아, 이방인이 사용하는 의사소통 수단이랄까?"

"마법 수정구랑 비슷한 거군요."

"그렇다고 볼 수 있지."

대답과 함께 홈페이지 창을 껐다. 어차피 홈페이지에서 무언가를 찾으려고 했던 것도 아니었으니까.

대신 심심해 보이는 도란의 말 상대가 되어줬다.

"참, 아까 이야기 들었겠지만 다른 대륙으로 가는 길이 열렸어."

"예, 들었습니다."

"같이 갈 건지, 아니면 남을 건지는 선택에 맡길 생각이야."

"……."

도란은 대답하지 못했다.

"지금 당장은 말고. 내일까지 생각해 봐."

"예, 주군."

아직 도란은 약한 편이었다.

지금 상태로 데리고 가 봐야 무혁에게도, 또 도란 본인에게도 도움이 될 건 없으리라.

NPC의 경우에는 수련과 사냥을 병행해야만 강해지기에 사냥에만 몰두하는 건 좋은 일이 아니었다. 물론 그럼에도 불구하고 함께 가기를 원한다면 당연히 데려갈 의향이 있었지만 말이다.

"속도 높인다."

"어, 어어?"

"오빠, 나 홈페이지 보고 있는데……!"

"봐서 뭐하게. 다들 그냥 놀라기만 하는 건데."

무혁이 앞장서서 나아갔고.

"아우! 그래, 가서 보자, 가서!"

그 뒤를 성민우와 예린이 쫓았다.

잠시 후, 성민우와 예린은 헤밀 제국에 남아 정비를 하기로 했고 무혁은 도란과 둘이서 칼럼 마을로 향했다. 도착하자마자 도란은 생각을 정리하기 위해 집으로 향했고 무혁은 홀로 전사 길드를 찾아갔다. 건물 내부로 들어서 뒤쪽 연무장으로 향하니 NPC 한 명이 많은 이를 훈련시키고 있었다.

"흐아압!"

"하앗!"

예전과는 달리 활기찬 소리가 공간을 가득 채우고 있었다. 유저들이야 그냥 전직하고 스킬만 배우면 되지만 NPC들은 수련을 통해 스킬을 직접 습득해야만 했기 때문에 훈련은 필수적인 요소였다.

"거기, 너!"

"예!"

"검 끝이 흔들리잖아!"

"죄송합니다!"

"다시!"

"하아아앗!"

헤밀 제국에서 보내준 120레벨의 교관 NPC였는데 자기 일에 꽤나 열정적이었다.

괜찮네.

다음으로 대장장이 길드, 궁수 길드, 마법사 길드, 그리고 신전을 둘러봤다. 하나같이 전부 마음에 들었다. 교관은 알려주기 위해 사력을 다했고 칼럼 마을 주민들은 최선을 다해 배우고자 하는 모습을 보였다.

이대로 시간이 흐른다면…… 저들이 마을의 힘이 될 것이다. 물론 아직은 부족하지만.

먼 미래를 그리며 라카크를 찾아갔다.

가는 길에 마을의 상태를 체크했다.

이름 : 무혁

작위 : 준남작

영지 : 칼럼 마을(대규모)

인구수 : 3,922명

영지 명성 : 109

치안 상태 : 약간 나쁨

발전도 : 중하

인구가 상당히 늘었고 치안의 상태도 좋아졌다. 발전도 역시. 하지만 만족할 수준은 아니었다.

건축 경험치는?

건축 레벨 : 4(71%)
여관, 음식점, 잡화점, 도축장, 목수 길드, 대장장이 길드, 무기,
방어구 상점, 액세서리점, 길드 관리소, 전사 길드, 궁수 길드, 마
법사 길드, 신전, 확장 공사.

꽤 많은 건물을 세웠음에도 71퍼센트밖에 되지 않았다.
시일이 꽤 걸리겠어.
대규모라는 수식이 붙기는 했지만, 여전히 마을일 뿐이었
다. 여기서 한 번 더 확장해야만 도시가 된다. 그런 만큼 다시
한번 확장하게 되는 5레벨을 만드는 건 어려울 수밖에 없었다.
물론 5레벨만 된다고 소규모 도시가 되는 건 아니다. 몇 가지
조건이 필요하지만 그건 라카크에게 맡기면 문제가 없으리라.
일단 당장 가능한 것부터.
무혁의 손길이 바삐 움직였다.

[주거지 확장 공사 계획을 세웁니다.]
[주거지 확장 공사 계획을 세웁니다.]
[주거지 확장 공사…….]

꽤 많은 이가 지내는 집을 확장시키기로 했다.

[여관 건축 계획…….]

여관, 음식점, 잡화점 등등을 추가했다.

일단은 이 정도로.

그사이 라카크의 집에 도착했다.

똑똑-

노크를 하자 반가운 목소리가 들렸다.

"누구신지요."

"접니다."

순간 문이 벌컥 하고 열렸다.

"촌장님, 오셨습니까."

"네, 잠깐 사냥 좀 하고 왔습니다."

"지쳐 보이십니다."

"괜찮아요."

"으음. 그러면 기왕 찾아오셨으니 몇 가지 말씀을 드리겠습니다. 현재 주민들이 지내고 있는 집들 중에서 아직도 낡은 것이 많아……."

무혁 본인이 세운 계획을 라카크의 입으로 들으며 고개를 끄덕였다.

"그렇게 하죠."

"알겠습니다."

"그리고 지금부터 촌장의 권한을 대신해 주셨으면 합니다."

"예? 촌장님. 갑자기 그게 무슨 소리이신지."

"제가 꽤 멀리 가게 되었거든요."

"아……!"

"해서 제가 없는 동안에도 마을을 잘 성장시켜 주셨으면 합니다. 지금은 대규모 마을이니 소규모 도시가 되도록 신경을 써주세요. 지금까지 잘해오셨으니 앞으로도 잘하실 거라고 믿습니다. 아, 가장 중요한 건 치안입니다. 치안의 상태를 꼭 높여주세요."

무혁의 단호한 말에 라카크가 고개를 끄덕거렸다.

"최선을 다하겠습니다."

대답과 함께 메시지가 떠올랐다.

[촌장의 권한을 '라카크'에게 위임합니다.]

연륜이 있는 라카크라면 충분히 마을을 잘 성장시키리라.

마지막으로, 인벤토리에서 500골드를 꺼냈다.

"이건 혹시나 자금이 부족하면 사용하세요."

"안 그러셔도 됩니다."

"알아요. 요즘 세금도 잘 들어오는 거. 그래도 받아주세요. 만약이라는 게 있으니까요."

"그렇게까지 말씀하신다면…… 알겠습니다."

마을은 이 정도면 되었고, 다른 대륙에서 돈이 되는 몇 가지 물건을 준비할 차례였다.

일루전의 세계는 아시아인이 대부분인 포르마 대륙과 남, 북미의 카이온 대륙. 그리고 아프리카와 유럽, 중동, 오세아니아 인이 모인 그라칸 대륙. 이렇게 총 3개로 나뉜다. 어느 대륙으로 향할지를 정해야 구입할 물건도 정할 수 있기에 먼저 대륙부터 선택할 필요가 있었다.

"흐음."

조금 고민하던 무혁은 카이온 대륙으로 결정을 내렸다. 딱히 이유는 없었다.

굳이 찾자면 최근 성민우가 언급을 해서 머릿속에 이미지가 강하게 남아 있다는 것 정도?

어차피 어디를 가더라도 얻을 수 있는 건 비슷했기에 오랫동안 고민할 이유도 없었고 성민우와 예린, 두 사람도 무혁의 선택에 반대할 성격이 아니다.

그래, 나쁘지 않지.

결정은 내렸고 이제 물건을 구입할 차례였다. 두 가지. 그곳에서 비싼 값에 판매할 수 있는 물건 두 가지 중에 하나가 그레폰 마을에 있다.

"어디로 모실까요?"

"그레폰 마을."

값을 지불하자 곧바로 목적지에 당도할 수 있었다. 중앙 지역에 위치한 가장 큰 잡화점 건물로 들어갔다.

"어서 오세요."

"여기 마나의 구슬 있나요?"

"물론입니다."

"수량이 얼마나 되나요?"

"그건 상자를 확인해 봐야 압니다. 얼마나 필요하신지?"

"전부 다요."

"네……?"

"있는 거 다 산다고요."

"어, 자. 잠시만요!"

주인이 급히 창고로 향했다. 얼마 지나지 않아 다시 나타나더니 손등으로 이마를 훔치며 입을 열었다.

"지금 일곱 상자가 있습니다."

"일곱 상자면……."

"210개입니다."

"다 주세요."

"예, 알겠습니다!"

곧바로 상자를 전부 가지고 나오는 주인.

"후아, 여기 있습니다. 한 상자에 30개씩 들어 있고요. 1개당 가격이 5골드입니다. 총 1,050골드인데, 특별히 할인해서 1,000골드만 딱 받겠습니다."

"1,000골드요?"

"예, 손님."

"확실하죠?"

"그럼요."

무혁이 웃으며 명패를 꺼냈다.

"이, 이건……."

"헤밀 제국 명패입니다."

"어, 그, 그러셨군요."

헤밀 제국에 속한 곳이라면 20퍼센트의 할인을 받을 수 있는 명패.

"1,000골드라고 하셨으니 거기서 20퍼센트 할인하면 800골드네요. 여기 있습니다."

"어, 어어……."

돈을 받은 주인의 표정이 일그러졌다.

하지만, 별수 있겠는가. 명패를 들고 온 손님인 것을.

"대박인 줄 알았는데, 쪽박이구만. 젠장."

중얼거리는 소리를 뒤로한 채 잡화점을 나섰다.

벌써 200골드 이득 봤고.

웃으며 다른 잡화점에 들렀다.

"어서 오십시오!"

"마나의 구슬 전부 다 살게요."

"허억, 저, 전부 다요?"

"네."

그곳에서도 150개를 구입했다. 다른 곳에선 80개, 가장 작은 잡화점에선 20개를 구할 수 있었다. 물론 명패는 당연히 보여줬고.

"아……."

"20프로 할인, 감사합니다."

"……."

그렇게 총 460개가 되었다.

오직 그레폰 마을에만 판매하는 특산품, 마나의 구슬.

[마나의 구슬]

자연의 기운을 소량 흡수하여 피로를 회복시켜 준다.(단, 움직일 경우 해제된다.)

설명만 보며 정말 별거 없다.

일종의 피로 회복제?

하지만 이게 카이온 대륙의 북부 지역. 무공을 익혀 나가는 NPC들이 위치한 지역에서는 어마어마한 거금으로 탈바꿈하리라.

자, 이번에는…….

한 가지 물건을 더 구입하기 위해 걸음을 서둘렀다.

자연의 기운을 흡수하는 마나의 구슬. 상처 치료에 좋은 카르마 약초. 두 가지 물건을 대량으로 구입한 무혁은 친구로 추가되어 있는 루돌프에게 채팅을 보냈다.

[무혁 : 내일 정도에 카르마 대륙으로 간다.]

[루돌프 : 예에? 카르마 대륙이요?]

[무혁 : 어.]

[루돌프 : 아, 퀘스트 중인데…….]

그럼 퀘스트를 하면 될 일이었다.

[루돌프 : 화, 화살은요?]

[무혁 : 나도 모르지.]

루돌프는 잠깐 말이 없었다.

[루돌프 : 갈게요…….]

[무혁 : 혹시 괜찮은 사제 유저 있으면 같이 오고.]

[루돌프 : 네.]

[무혁 : 있어?]

[루돌프 : 한 명 있어요. 데리고 갈게요.]

[무혁 : 알았다, 내일 오전 10시까지 칼럼 마을로.]

생각보다 쉽게 사제 유저를 구했다.

내일 바로 출발하면 되겠네.

이 사실을 성민우와 예린에게로 알려줬다.

[강철주먹 : 오케이.]

[예린 : 알겠어, 오빠.]

[무혁 : 오늘은 시간도 늦었으니까 나갈게. 내일 보자.]

다음 날.

오전 9시가 되자마자 무혁은 일루전 주식을 대량으로 매수했다. 1주에 710만 원. 묵혀두고 있던 돈 전부를 사용했다. 4억이 조금 넘는 금액으로 구입한 일루전 주식은 딱 60주였다.

"크……."

현재 지닌 일루전 주식이 무려 517주.

보기만 해도 기분이 좋아졌다.

강화 덕분에 돈을 어마어마하게 벌었네.

지금은 강화를 배운 대장장이가 20명이 넘어선 상태였기에 강화 아이템의 값이 예전 같지는 않았다. 하지만 초창기에 큰돈을 벌었기에 조금도 아쉽지 않았다. 게다가 시세가 떨어졌다고는 해도 헤밀 제국에서 재료를 무료로 공급받고 있었기에 상상 이상의 이득을 남기는 중이었다. 물론 재료 공급이 중단되면 지금과 같은 이득은 절대로 볼 수 없겠지만 말이다.

뭐, 이 정도면 충분하지.

카이온 대륙에 도착하기만 하면 마나의 구슬과 카르마 약초로 또 한 번 거대한 이득을 남길 수 있을 것이다. 그걸로 또일루전 주식 매수하고, 가족들에게 선물도 좀 해줄 생각이었다. 크리스마스가 얼마 안 남았으니까.

얼추 계획을 세우고 일루전에 접속했다.

칼럼 마을로 이동하면서 홈페이지를 살펴본 결과, 벌써 다른 대륙으로 넘어가기 위한 여정에 오른 이가 무수하게 많다는 것을 확인할 수 있었다.

대륙으로 넘어가기 위한 워프게이트가 위치한 장소는 이미 밝혀진 상태였다. 귀족들과 인맥이 있는 자들이 가장 먼저 알게 되었는데 입이 가벼운 이들이 소문을 퍼뜨리면서 모든 정보가 개방된 것이었다. 그로 인해 대부분의 유저가 어제저녁에 출발했고 일부는 무혁과 마찬가지로 준비를 하고 있을 것이다.

특별한 건 없고, 간간이 허세를 부리는 인간들은 보였다.

[제목 : 드디어, 넘어왔다!]

모르는 사람이라면 절로 손이 가리라.

내용이 궁금할 테니까.

하지만 무혁은 겨우 하루 만에 다른 대륙으로 넘어가는 게 불가능하다는 걸 알고 있었다. 가는 길에 나오는 몬스터가 얼마나 강한지 알고 있었으니까.

적어도 5일. 최소한 그 정도의 시간은 필요했다.

흐음, 그래도 볼까?

사람의 호기심은 무엇보다 강한 자극이었기에.

[내용 : 펄떡펄떡. 낚이셨나요?ㅋㅋㅋ]

순간 괜히 봤다는 생각이 들었다. 나름 참신한 거짓말이라도 있을 줄 알았는데 겨우 낚시를 하는 사진과 함께 단순한 글귀만이 있을 뿐이었다.

"쯧."

혀를 한 번 차면서 다른 게시물을 훑었다.

그 사이 칼럼 마을에 도착했고.

"음?"

기다리고 있는 세 사람을 발견할 수 있었다. 한 명은 루돌프. 한 명은 전신을 갑옷으로 무장한 상태라 누구인지 파악하기가 어려웠다.

저벅.

남은 한 명의 유저를 파악하려는데 갑자기 갑옷을 입은 사내가 달려왔다. 약간 흔들리는 듯하더니 속도가 순식간에 빨라졌다.

"하아."

그 모습에 달려드는 이의 정체를 파악할 수 있었다. 아스라한. 정말 특이한 성격에, 만날 때마다 싸움을 거는 루돌프의 친구였다.

"소환."

귀찮았지만 상대해 주지 않으면 계속 들러붙기에 별수 없이 스켈레톤을 불러냈다. 다가오는 캐릭터는 어차피 분신일 가능성이 높았기에 주변 지형지물을 훑었다.

스켈레톤은 뒤늦게 나타났으니 무혁 본인의 그림자에 숨었거나 혹은 근처에 있는 거대한 바위 정도에 숨었으리라.

과연 어디일까.

추측하고 있는 사이 지척에 도달한 아스라한이 검을 휘둘러왔다. 분신이어도 공격을 맞아줄 생각은 없었기에 방패를 들어 올렸다. 시야가 잠깐 가려지는 순간, 달려들던 아스라한의 입꼬리가 말리듯 올라갔다.

그 사실을 모르는 무혁은 근처 지형지물에만 신경을 쓰고 있었고 그 틈에 옆으로 이동한 아스라한이 검을 빠른 속도로 휘둘렀다.

푸욱.

갑옷의 좁은 틈을 파고든 검날.

[크리티컬이 터집니다.]
[621의 대미지를 입습니다.]

방어력이 700이 넘고 아이템과 칭호로 인해 충격 흡수율이 20퍼센트에 달하는 덕분에 크리티컬이 터졌음에도 겨우 621의 대미지밖에 입지 않았다. 다만 아스라한의 직업이 쉐도우 댄서인 만큼, 공격이 끊이지 않고 들어왔다.

칵, 카가가각!

순식간에 다섯 번의 검격에 당해 버렸다.

뭐야, 이게 진짜였어?

2천이 조금 넘는 HP가 사라졌지만, 무혁은 아직 여유로웠다. 확실히 빠르긴 한데, 무혁도 결코 느리지 않았다.

윈드 스텝.

아스라한과 거리를 벌린 후 화살을 날렸다.

풍폭, 연사.

쏘아진 화살이 그를 노리는 사이 스켈레톤 전원이 자리를 잡았다. 가장 먼저 포이즌 오우거가 피어를 발산했고 혼란에 빠진 틈을 타 설인이 아이스 홀드로 그를 얼려 버렸다.

직후 날아드는 각종 마법.

쾅, 콰과과광!

HP가 바닥까지 떨어졌으리라.

멈춰야겠지?

죽일 순 없었기에 공격을 끊으려는 순간.

음?

뒤에서 서늘한 감각이 올라왔다. 급히 앞으로 달려갔다. 몸을 틀자 뒤를 쫓아오는 아스라한이 보였다.

하, 언제 바뀐 거야?

그렇다면 지금 저곳에서 마법 공격에 휩싸인 녀석이 분신일 것이다. 예전에 대결을 할 때는 무엇이 분신이고 또 무엇이 본체인지 딱 구분이 갔는데 지금은 분간이 되지 않았다.

그만큼 아스라한의 실력이 올라갔다는 의미이리라. 그렇다고 해서 싸움의 결과가 달라지는 건 아니겠지만.

부르탄, 기파.

본체라 여긴 아스라한이 굳어버리고 좌우에서 달려든 아머기마병이 그를 짓이겨 버렸다. 문제는 짓이겨진 그 역시 본체가 아니라는 점이었지만.

카가가강!

거짓말처럼 무혁의 그림자에서 솟구치는 아스라한.

[크리티컬이 터집니다.]

다시 크리티컬이 터지면서 3천에 가까운 HP가 줄었다.

익스체인지.

MP를 소모해 HP를 모두 채운 무혁이 검을 휘둘러 그를 맞상대했다.

쉐도우 댄서의 특성을 이용해 다시 사라지고, 나타나고. 분신을 이용해 시선을 흩트리고, 등 뒤에서 공격하여 대미지를 최고치로 뽑아냈건만.

스윽.

결국 항복을 선언하는 아스라한이었다.

남은 HP가 100도 되지 않은 탓이었다.

"실력이 꽤 늘었네."

"다음에는 꼭 이긴다."

"그러다 진짜 죽을 수도 있어."

"상관없다."

"하아……."

무혁은 스켈레톤을 역소환한 후 한숨을 쉬며 루돌프에게 다가갔다.

"쟤는 왜 데리고 온 건데?"

"미안해요, 형. 꼭 같이 가고 싶다고 해서요."

가는 길에 몇 번이나 도전해 올지. 생각만으로도 피곤해졌다. 그래도 전력 향상은 확실히 되긴 할 것이다.

그래, 뭐……

도움만 된다면야 거절할 이유는 없다. 정말로 귀찮아지면 확 죽여 버리면 되는 것이고.

상념에 깊게 빠진 무혁을 루돌프가 불렀다.

"저기, 형?"

"음?"

그를 바라보자 루돌프가 고개를 돌렸다.

그 시선을 따라갔고.

"아……"

그제야 로브를 걸친 여성이 어색해하고 있음을 발견했다. 상당히 뛰어난 미모의 여성이었다. 물론 예린보다는 못했지만.

쓸데없는 상념을 지우며 루돌프를 쳐다봤다.

"아, 미안. 이분은?"

"알고 지내는 누나예요. 사제인데 센스가 좋아서 자주 파티 사냥도 하고 그랬어요."

무혁이 그녀를 쳐다봤다.

"반갑습니다. 무혁이라고 합니다."

"기, 김지연이에요."

"닉네임은 어떻게 되세요?"

"아, 그게…… 닉네임도 똑같아요."

"그래요?"

"네에."

무혁이 고개를 끄덕였다.

꽤나 내성적이네.

가볍게 인사를 나눈 무혁이 몸을 틀었다.

"일단 들어가죠. 올 사람이 더 있어서요."

"그래요, 형. 누나, 가자."

"으응."

칼럼 마을로 들어선 무혁은 셋을 식당에 들여보낸 후 간단한 음식을 주문했다. 음식을 기다리고 있는데 딱히 할 일도 없어서 도란을 찾아가기로 했다.

"잠깐 갔다 올게."

"어디요?"

"누구 만날 사람이 있어서."

"네, 빨리 오세요."

"그래."

식당을 나서 도란이 지내는 집으로 향했다.

"후으읍……!"

마침 앞마당에서 수련 중인 그를 발견할 수 있었다.

"훈련 중이야?"

"아, 오셨습니까, 주군."

"그래."

잠시 그를 바라보던 무혁이 물었다.

"결정은 했고?"

흔들리지 않는 눈빛으로 무혁을 쳐다보는 도란.

"결정했습니다."

"어떻게 할 거야?"

"따라가지 않겠습니다."

"흐음."

"여기에 남아서 더 강해질 생각입니다."

좋은 선택이었기에 무혁은 고개를 끄덕였다.

"다녀와서 보자. 기대할 테니 훈련 열심히 하고."

"예, 주군."

도란과 헤어진 무혁은 식당으로 향하면서 성민우와 예린에게 채팅을 보냈다.

[무혁 : 칼럼 중앙 식당으로 와.]

도착해서 가볍게 음식을 먹고 있으니 두 사람이 도착했다.

"오빠아아!"

"왔어?"

"응! 아, 안녕하세요. 예린이라고 해요."

"성민우입니다."

두 사람이 김지연을 보며 인사했다.

"바, 반가워요. 직업은 사제구요. 어, 닉네임은 김지연이에
요. 자, 잘 부탁드릴게요."

"크흠, 맡겨만 주십시오!"

루돌프가 옆에서 고개를 쭈욱 내밀었다.

"뭘 맡겨달라는 거죠, 형?"

"어? 아니, 그냥 뭐든……."

"변태 같은데요?"

"뭔 소리야, 이 자식아!"

옆에 있던 무혁이 피식하고 웃었다.

사이가 좋은 건지, 나쁜 건지.

박수를 한 번 친 후 동료를 눈에 담았다.

"바로 출발하자고."

"오우, 좋지."

"오빠. 완전 기대돼."

"나도."

"기대됩니다!"

"크흠."

모두들 들뜬 표정을 숨기지 않은 채 식당을 나섰다.

"군마 소환."

무혁이 군마를 불러냈고 여섯 명 전원이 등에 올라탔다. 카
이온 대륙으로 넘어가기 위해 붉은 산맥으로 향했다.

붉은 산맥으로 향하는 길은 역시나 번잡했다.

"탑이나 보스 몬스터 잡으러 갈 때보다 유저가 더 많은 거 같은데?"

성민우의 말에 루돌프가 대답했다.

"레벨 제한이랄까, 진입 장벽이 낮아서 그런 거 아니에요? 솔직히 그냥 다른 대륙으로 넘어가는 건데 딱히 제한이 있는 것도 이상하잖아요."

"그런가?"

"그럼요. 다른 대륙에도 초보 유저는 있고. 또 초보 유저들이 사냥하는 곳도 있으니 거기 가서 조금 새로운 마음으로 시작할 수도 있을 것 같은데요?"

다들 고개를 끄덕이며 수긍했다.

한 사람 무혁을 제외하고서.

"레벨 낮은 유저도 당연히 타 대륙으로 갈 수는 있지. 근데 막상 가는 건 힘들 거야."

"에? 왜요?"

"이유라도 있냐?"

"붉은 산맥을 넘어야 되거든."

"그게 왜?"

"내가 전에 가봤는데 가는 길에 나오는 몬스터가 전부 상당히 세."

"어느 수준인데?"

"다크나이트 정도."

무혁의 말에 성민우가 입을 다물었다.

"리얼?"

"어."

"미친."

예린 역시 한숨을 쉬었다.

"장난 아니겠다……."

루돌프와 김지연, 두 사람만이 고개를 갸웃거렸다. 아스라한은 아무런 관심도 없는 듯, 한 손에 들린 검을 만지작거릴 뿐이었다.

대화에 귀를 기울이고 있던 루돌프가 성민우를 의문스럽게 쳐다봤다.

"왜들 그렇게 놀라요?"

"너 일루전TV도 안 보냐?"

"볼 시간이 어디 있어요."

"아, 그런가? 그럼 다크나이트도 모르겠네?"

"일루전에서 본 적은 없죠."

"크, 그래? 이거 내가 설명을 해줘야겠네."

성민우가 어깨를 한 번 돌리더니 침을 튀겨가면서 다크나이트의 강함에 대해 주절거리기 시작했다.

"막 방패로 각도를 조절하더니……!"

이야기만 들으면 다크나이트가 무슨 신이라도 된 것 같았다. 처음에는 그래도 재미가 있어서 듣고 있던 루돌프가 참지 못하고 피식하고 웃어버렸다.

"아, 형."

"응? 왜?"

"농담도 정도껏 해야죠. 참, 나. 그런 거에 누가 속아요?"

"어? 농담이 아니라 진짜야."

"안 낚입니다."

"진짠데……."

"안 낚여요, 저는."

"……."

진실을 말해줘도 이런 반응이라니.

"하, 역시 미개하구만."

"미개한 거랑 무슨 상관인데요, 그게."

"진실을 알려줘도 그런 반응이라니."

"아, 진짜. 저 안 낚인다니까요."

"쩝, 믿기 싫으면 말아라. 붉은 산맥 몬스터랑 비슷하다고 하니까 가보면 알겠지."

"내기라도 해요, 그럼."

"내기? 후회 안 하냐?"

"후회는 형이 해야죠."

"좋아, 하자고. 근데 뭐 걸고?"

"50골드 걸고. 어때요?"

"콜!"

"무르기 없기예요."

"남자가 돈이 없지, 가오가 없겠냐."

"그럼 자세한 조건은요?"

"음, 몬스터 10마리를 우리가 한 번에 상대할 수 있는지 없는지로. 어때?"

"10마리라……."

"무혁 알지? 그 무지막지한 소환수들."

"알죠."

"10마리면 적당한 거 같은데?"

루돌프가 수긍했다.

"좋아요."

"오케이."

내기가 성립되는 순간 성민우가 홀로 웃었다. 다크나이트 5마리도 상대하지 못해서 후퇴를 했는데 10마리라니. 무조건 불가능하다고 생각했기에 공짜로 생길 50골드를 상상하며 실없이 웃어댔다.

"왜 자꾸 웃어요, 형은?"

"내 맘이다, 인마."

하지만 성민우도 미처 생각하지 못한 부분이 있었다. 지난번 전투에서는 설인이나 포이즌 오우거, 오크 대전사 등. 소환수들의 능력치를 보다 정확하게 파악하기 위해 무혁이 일부러 리바이브 스킬을 사용하지 않았다는 사실을 말이다.

잠시 후, 저 멀리 목적지가 보였다.

"저긴가?"

"어."

거대한 산맥이었지만 거리가 멀어서 그런지 꽤 작아 보였다. 그 산맥을 바라보며 하염없이 달리기를 10여 분, 초원을 빼곡하게 메우고 있던 유저들의 숫자가 꽤나 줄어들었다. 붉은 산맥에 가까워질수록 몬스터의 레벨 역시 높아진 탓에 실력이 부족한 유저들이 떨어져 나갔기 때문이다.

"하, 이제 좀 살겠네."

"진짜. 답답해서 혼났네, 정말."

"도착하면 더 적겠지?"

"아마도."

붉은 산맥이 조금씩 거대해졌다.

"크구만."

초입에 도착했을 즈음엔 실력이 있는 유저들만 남은 상태였다.

번잡하지 않아서 좋네.

무혁이 군마에서 내렸고 그 모습에 다른 일행들 역시 바닥에 착지했다. 가는 길에 사방에서 벌어진 전투를 확인할 수 있었는데 그 모습이 사뭇 처절했다.

"보이냐, 돌프야?"

"돌프가 뭐예요, 돌프가."

"루돌프니까 돌프, 맞잖아?"

"이상하잖아요."

"별게 다 이상하네. 아무튼 보이냐고."

"잘 보여요."

"딱 봐도 겁나 강하잖아. 크큭."

"저 유저들이 약한 걸 수도 있죠."

아무렇지도 않은 척 대답했지만 사실 루돌프의 동공은 크게 흔들리고 있었다. 저들이 약하다고 보기엔 전투의 수준이 너무 높았던 까닭이었다.

"저기, 형."

"왜?"

"갑자기 생각이 났는데요. 아까 그 내기요."

"내기가 뭐."

"10마리는 좀 아닌 거 같아요."

"크큭, 왜? 쫄리냐?"

"크흠, 그건 아니고요. 그냥 5마리로 낮추죠."

"싫어. 내가 왜 낮춰?"

"그럼 6마리로……."

"싫다니까."

"그, 그럼 7마리는 어때요?"

"아니, 이 자식이. 싫다고!"

"와. 진짜 형이 돼 가지고 쪼잔하시네!"

"그래, 쪼잔하다! 어쩔래?"

"아니, 어쩌겠다는 게 아니라……. 그럼 8마리로……."

"싫어어어어!"

옆에 있던 무혁이 귀를 팠다.

"아, 시끄러."

"크흠, 죄송해요, 형."

"목소리가 좀 컸지……?"

"많이."

그제야 입을 다무는 둘이었다.

"언제 몬스터 리젠될지 모르니까 긴장하라고."

말을 하기가 무섭게 정면에서 몬스터 세 마리가 나타났다.

190레벨의 미노타우르스. 근육질로 뒤덮인 검붉은 몸체, 거대한 뿔이 달린 소의 얼굴, 존재만으로도 뿜어지는 위압감. 어깨를 짓누르는 강한 기운에 멍하니 입을 벌리고 있을 때, 그 기운이 빠른 속도로 달려왔다.

"어어……?"

뿔을 앞세운 위협적인 돌진에 무혁이 스켈레톤을 불러냈지만.

콰아아앙!

마치 볼링핀처럼 사방으로 튕겨 나갈 뿐이었다. 다행히 뒤쪽에 위치하고 있던 아머나이트와 자이언트 외눈박이, 설인과 포이즌 오우거 등, 거대한 녀석들이 힘을 발휘하면서 세 마리의 미노타우르스를 저지할 수 있었다.

"미친……!"

저런 무식한 돌격이라니.

하지만 당황스러움은 잠시였고 곧바로 태세를 갖췄다.

"빠르게 처치하고 가자고!"

"오케이!"

가장 먼저 루돌프가 화살을 날렸다.

파앙!

보이지 않는 화살이 미노타우르스 한 마리의 미간에 박혔다. 보이지 않고 은밀한 탓에 반응하지 못했고 그렇기에 갑작스러운 타격에 깜짝 놀라며 움찔거렸다. 직후 날아든 설인의 스킬에 몸이 얼어버렸고 뒤에서 돌진하는 아머기마병이 놈을 쓰러뜨렸다.

쿠웅.

연속으로 쏘아지는 아머메이지의 마법들.

쾅, 콰과과광!

한 마리를 스켈레톤이 집중적으로 공격할 때, 남은 한 마리는 무혁과 성민우, 그리고 정령들이 맡았고 한 마리는 아스라한과 예린이 상대했다.

물론 몇 마리의 아머나이트가 붙은 건 당연한 일이었다. 본래라면 조급하게 움직였을 무혁이었겠지만 지금은 조금 달랐다. 김지연의 센스있는 치유 스킬 운용 덕분에 생각보다 더 여유가 있었던 것이다.

"크, 죽인다!"

성민우도 감탄을 금치 못했다.

"이래서 사제가 필요한 거였구만!"

"좋긴 좋네."

무혁도 호응해 주며 검을 그었다.

풍폭, 십자베기.

HP가 하락하면 치유 스킬이 들어오니 다크나이트와 붙을 때보다 훨씬 쉬웠다.

[경험치가 상승합니다.]

물론 스켈레톤 20여 마리가 역소환을 당했지만 크게 개의
치 않았다.

이 정도면, 뭐. 꽤나 무난한 수준이었으니까.

"사체 분해."

곧바로 놈의 뼈를 획득한 후 동료를 도왔다. 차분하게 남은
두 마리의 미노타우르스를 처치한 후 MP를 크게 소모한 사
제, 김지연을 고려해서 5분만 휴식을 취하기로 결정을 내렸다.

자리에 앉자마자 성민우가 김지연에게 말을 걸었다.

"지연 님 덕분에 엄청 수월했어요."

"뭐, 뭘요."

"다음에도 잘 부탁할게요!"

"네에."

"흐으, 어려운 건 없으세요?"

"아, 네."

성민우는 성민우 나름대로 일을, 다른 동료들은 그들 각자
의 정비를 할 때 무혁은 리바이브 스킬을 사용했다.

[주변을 떠도는 몬스터의 영혼(29마리)을 발견했습니다.]

생각보다 적은데?

아마도 앞서간 조폭 네크로맨서 유저 중에서 리바이브 스킬을 배운 이가 사용한 모양이었다. 그래도 계속 몬스터가 리셋이 되니 지금처럼 29마리까지 쌓였을 것이고. 무혁은 고민하다가 20마리를 부활시켰다.

남은 9마리는 출발할 때 되살려내서 함께 이동할 생각이었다. 미노타우스와 다시 마주치게 되면 상당한 도움이 될 것이 분명했으니까.

[2,000의 MP가 소모됩니다.]

되살아난 미노타우스를 남은 스켈레톤과 함께 마계로 보냈다.

경험치 좀 획득하면 좋겠는데.

은근히 기대하며 짧은 휴식을 즐겼다.

미노타우르스를 상대하면서 일부 스켈레톤이 역소환되어 보이지 않는 상태였지만, 대신 되살아난 미노타우르스 20마리가 있었다. 비록 60퍼센트에 해당하는 능력치만 보유한 상태지만 평소의 경우에는 충분히 도움이 되는 전력이었다.

물론 지금은 평소의 경우라고 볼 수 없겠지만 말이다.

-지휘를 시작······.

아머나이트1이 미처 말을 다 끝내기도 전.

후웅.

한 줄기 열기가 올라왔다. 열기는 칼날보다 날카로웠고 태풍보다 더 무거웠으며 그 어떤 것보다 뜨거웠다.

쫘드득.

열기에 휩쓸린 스케릴톤들이 녹기 시작했다.

-뒤로 물러……!

지휘를 하던 아머아처1도 부서졌다. HP가 낮은 메이지나 활뼈는 진즉 사라진 상태였고, 미노타우르스 역시 돌진을 해 보지도 못한 채 으스러졌다.

겨우 살아남은 설인, 외눈박이, 오우거, 오크 대전사, 부르탄, 히드라, 그리고 일부 아머나이트와 아머기마병만이 오연하게 서 있는 마족과 눈을 마주칠 수 있었다.

"전과 비슷하게 남았군."

중얼거리는 자. 그는 레벨이 240에 달하는 하급 마족이었다. 최하급과는 격이 다른 존재인 것이다.

남은 여섯 스켈레톤이 스킬을 사용하며 달려들었으나.

휘익.

귀찮다는 듯 다시 손을 휘젓자 또다시 열기가 올라왔고 그 열기가 모든 스킬을 집어삼켜 버렸다. 중앙에서 일어나는 거대한 폭발.

쿵, 쿠와와앙!

그 폭발마저 삼켜 버린 열기가 뒤쪽에 위치한 여섯 스켈레톤을 짓눌렀다.

⬤

떠오르는 메시지를 바라보는 무혁.

벌써 다 죽은 거야?

도대체 어떤 놈이 대기하고 있기에 이렇게 빨리 죽는 건지 의문스러웠다. 차악의 경우에는 250레벨 수준의 하급 마족. 최악은 300레벨에 가까운 중급 마족일 것이다.

하급일 가능성이 높긴 한데.

그렇다고 하더라도 상황이 받쳐주지 않는다면 절대 잡을 수 없을 것이다.

"하아."

한숨을 내뿜으며 일단은 마계에 대한 생각은 잠시 접어두기로 했다.

"오빠, 왜 그래?"

"응?"

"한숨을 쉬기에."

"아, 그냥 나온 거야. 걱정 안 해도 돼. 그보다 충분히 쉬었지?"

"응!"

"지연 님은요?"

"아, 저도 MP 거의 다 찼어요."

"그럼 출발할게요."

무혁이 일어서서 앞장 섰고, 동료들이 좌우에 따라붙었다.

얼마나 걸어갔을까. 다시 미노타우르스를 상대로 전투를 벌였다. 리바이브 스킬로 어렵지 않게 제압한 직후 루돌프가 헤실거리며 웃기 시작했다.

옆에 있던 성민우가 신경에 거슬리는지 미간을 찌푸렸다.

"왜 자꾸 웃어?"

"형."

"뭐?"

"내기는 제가 이긴 거 같아요."

"갑자기 무슨 헛소리야."

"10마리 잡는 거 맞죠?"

"맞지. 설마 방금 전에 겨우 몇 마리 잡았다고 쉽다고 착각하는 건 아니지?"

"설마요. 다른 이유가 있죠."

"무슨 이유?"

루돌프는 미소를 지우지 않았다.

"뭐냐고!"

"리바이브 스킬요."

"어……?"

순간 성민우의 머릿속에 몇 가지 장면이 지나갔다. 어제 다크나이트를 상대했을 때의 모습과 오늘 미노타우르스를 잡을 때의 모습.

리바이브 스킬……!

그 중요한 스킬을 놓치고 있었던 것이다.

"흐흐흐, 어때요?"

"어, 그, 그건……."

"제가 이긴 거 같죠?"

성민우는 차마 아니라고는 대답하지 못했다.

이런, 젠장……!

급히 몸을 틀어 무혁에게 다가갔다.

"야, 어제 다크나이트랑 싸울 때 리바이브 스킬 왜 안 쓴 거야?"

"음? 그냥."

"뭐? 그냥? 그냥 왜! 오늘은 왜 쓴 건데!"

무혁이 고개를 갸웃거렸다.

"그냥."

"으, 으으……!"

설인, 포이즌 오우거, 그리고 오크 대전사의 능력을 제대로 파악하는 것이 목적이었지만 귀찮아서 짧게 대답했다.

그에 성민우는 어찌할 줄 모른 채 몸을 떨었다.

"왜 그래?"

"아니다……."

이내 힘없이 어깨를 늘어뜨리며 본래 자리로 돌아갔다.

'내 50골드, 하아.'

속으론 이미 패배를 직감했지만 루돌프의 앞에선 내색하지 않았다.

"크흠, 아직 몰라."

"흐흐, 과연 그럴까요?"

"그럼. 뭐든 다 까봐야 아는 거야. 서, 설레발 치기는."

"크흐흐. 그렇다고 하죠, 뭐."

"그만 웃어라."

"예, 흐흐……"

이대로 계속 대화를 나누다간 화병에 몸져누울 것 같았다.

무시해야지, 그냥.

양손으로 귀를 틀어막고 정면만 바라봤다.

"크흐흐흐."

그러나 웃음소리는 작은 틈을 비집고 들어와 멈추지 않고 고막을 두드려 댔다. 고통스럽게.

'내 50골드……!'

그리고 처절하게.

잠시 후, 산맥의 중턱에 오르면서 초반의 여유로움이 사라졌다. 몬스터는 더 자주, 많이 나왔고.

"후우, 미치겠네."

"계속 나오네, 진짜. 좀 쉴까 싶으면 또 나오고, 또 나오고……!"

"힘들어어어어!"

실력 있는 유저는 줄어들었다.

크워어어어!

자연스럽게 무혁과 일행들이 상대해야 하는 미노타우르스의 수가 기하급수적으로 늘어났다. 리바이브 스킬로 버티고는 있다지만 이것도 한계가 있었다.

기껏해야 기존 능력치의 60퍼센트. 단순하게 따진다면 미노타우르스의 레벨이 190이니 리바이브로 되살린 녀석은 114레벨 수준밖에 되지 않는 것이다.

물론 그렇게 단순하게 따질 건 아니지만 그리 대단할 게 없다는 건 엄연한 사실이었다. 도움은 될지언정 역전의 카드로는 조금 부족하다고나 할까. 50마리라도 넘으면 모르겠지만지금은 그것도 힘들었다. 앞선 조폭 네크로맨서들이 꾸준하게리바이브 스킬을 사용하는 까닭이었다.

"좀 쉬어야겠다."

"어디서?"

무혁이 히드라의 스킬, 스컬 스네이크를 활용해 주변을 훑었다.

"음, 유저가 곳곳에 있기는 한데."

"그중에 제일 많은 곳으로 가는 건 어때? 거기서 좀 같이 쉬자고 해볼까?"

"그럴…… 어, 잠깐만."

시야에 들어온 익숙한 마크. 정면에 보이는 한 명의 유저.

"찾았다."

"응?"

"딱 적당한 장소를 찾았다고. 다들 가죠."

좋은 장소라는 말에 모두 힘을 냈다. 가는 길에 미노타우르스 몇 마리를 만나 다시 처절한 전투를 이어갔지만 큰 문제 없이 목적지에 도착할 수 있었다.

"어, 저 길드는……."

성민우와 예린이 가장 먼저 알아봤다. 블랙 길드. 무혁이 강화 아이템을 유일하게 독점적으로 판매하는 곳.

거리가 가까워졌을 무렵. 길드원의 손짓에 혁수가 고개를 돌렸다. 다가오는 이들을 바라보며 경계하는 표정을 짓던 혁수가 선두에 위치한 자가 무혁임을 깨닫고는 표정을 풀었다.

"무혁 님?"

"여기서 뵙네요."

"와, 그러게요."

둘은 서로 인사를 나눴다.

"엄청 소수로 움직이시는데요?"

"그게 편해서요."

"여기까지 오시느라 힘들었을 텐데, 대단합니다."

"뭘요. 그런데……."

"네, 말씀하세요."

"합류 좀 해도 될까요?"

"합류요?"

"네, 몬스터가 많아서 확실히 버겁더군요."

혁수가 고개를 끄덕였다.

"몬스터가 많이 세기는 하더라고요. 흐음, 그러면……."

무혁과 그 일행을 보며 웃었다.

"합류하시죠. 저희에게도 도움이 될 것 같으니까요."

"고맙습니다."

"고맙긴요. 상부상조하는 거죠."

혁수 역시 무혁의 실력을 알고 있다. 대륙으로 넘어가는 길목에 있는 몬스터 사냥에 분명 큰 도움이 될 것이라는 확신이 있었기에 합류를 수락한 것이다.

게다가 무혁에게서 강화 아이템을 독점으로 지급받고 있는 상태라 이 정도 부탁은 거절할 명분도 없었고.

"다들 앉아서 쉬자."

"응, 오빠! 아, 길드장님도 고마워요."

"신세 좀 질게요."

"별말씀을. 다들 편하게 계세요."

자리를 잡고 앉자마자 몸이 늘어졌다.

"후아, 좀 힘들긴 하네."

"대륙 넘어갈 때까지만 고생하자고."

"응, 오빠."

휴식을 취하던 무혁이 고개를 돌렸다.

아스라한이 눈에 들어왔다.

뭐, 그래도 싸움은 안 거네.

루돌프와 아스라한은 친구 사이였고 사제 역시 아스라한과 안면이 있는 눈치였기에 무작정 안 좋게 대할 수만은 없었다. 루돌프와도 악연으로 시작했지만, 지금은 인연이 되었으니 말이다. 게다가 도움이 되는 것도 사실이었고.

물론 애매한 상황에서 대결을 신청한다면 정말 혼쭐을 내

줄 생각이었지만 말이다.

"공복도는?"

"음, 조금 내려가기는 했는데."

"나두."

"형, 저는 많이 내려갔는데요?"

무혁이 인벤토리에서 요리 도구를 꺼냈다.

"가볍게 해 먹자."

"좋죠!"

"오빠가 해주는 건 뭐든 맛있으니까."

"크, 기대되네. 뭐 하려고?"

"흠, 스테이크?"

"오오……!"

"안심, 등심, 양고기, 채끝등심, 등등. 골라봐."

"난 양고기 레어로!"

"저는 안심 미디움이요."

"드, 등심으로……."

기대 어린 시선을 받으며 무혁이 요리를 시작했다. 어디에도 관심이 없어 보이던 아스라한도 이번에는 무혁에게서 눈을 떼지 못했다. 두툼한 고기가 익어가는 모습이 식욕을 자극한 탓이었다.

"나도…… 주는 건가?"

아스라한의 말에 무혁이 그를 쳐다봤다.

"뭔 소리야."

"나도, 먹을 수 있는 건가?"

"후, 말투 진짜……."

저 말투는 계속 들어도 적응이 되지 않았다.

어? 잠깐만.

순간 재밌는 생각이 떠올랐다.

이게 되려나?

의문을 가지면서도 입을 여는 무혁이었다.

"먹고 싶어?"

"그렇다."

"그러면 말투부터 고쳐."

"무슨 소리지? 내 말투는 지극히 정상적이다."

듣고 있던 루돌프가 끼어들었다.

"저기, 형. 저 녀석 원래 저랬어요. 못 고치더라고요."

"그래?"

"네, 그렇다고 나쁜 놈은 아니에요. 물론 싸움을 광적으로 좋아하긴 하지만요. 참, 그리고 먹는 것도 상당히 좋아해요. 먹보거든요."

"호오, 그렇단 말이지."

그렇다면 방향을 바꿔볼까.

"존댓말은 뭔지 아냐?"

"안다."

"그럼 앞으로 존댓말 써라, 그럼 맛있게 구워줄 테니까. 그리고 싸움인지 대련인지, 아무튼 그것도 내가 허락할 때만 해."

"으음."

조금 고민하던 아스라한이 고개를 저었다.

"안 먹겠다."

"그럼 대결만 내가 허락할 때 하자고. 어때?"

조건 하나가 줄어들자 한참을 고민하는 아스라한이었지만 끝내 고개를 저었다.

"안 먹는다."

"좋아, 마지막 조건이야. 존댓말만 써. 그럼 줄게."

조건이 다시 완화되었다. 그사이 스테이크가 완성되었고 동료들이 먹기 시작했다. 그제야 못 참겠다는 듯, 아스라한이 무혁에게 다가왔다.

"나, 나도……."

"존댓말."

"나도 머, 먹어도 되는가, 요?"

"장난하는 거?"

"머, 먹어도 되겠나…… 요…….?"

"다시."

망설이던 아스라한이 입을 열었다.

"먹어도 되나요……?"

"그래, 뭘로?"

"양고기요……."

"굽기는?"

"웰던이요."

고개를 끄덕인 무혁이 양고기 스테이크를 웰던으로 구워주
자마자 아스라한이 그것을 우걱우걱 먹기 시작했다.

다시 출발하게 되었을 때.

성민우와 예린이 무혁의 옆에 바짝 붙어왔다.

"오빠, 계속 지켜봤는데……."

"뭐를?"

"저기, 아스라한 유저."

"아아."

"진짜 특이한 거 같아."

성민우가 고개를 저었다.

"특이한 게 아니라 똘끼가 있는 거지."

"뭐, 가끔은 짜증 나기도 한데 어떻게 보면 불쌍하기도 하
고. 그냥 생각이 없는 건가 싶기도 하고. 아무튼 대륙으로 넘
어가기 전까지는 동행하자고."

"응, 난 괜찮아."

"뭐, 나도. 이상한 놈이긴 하지만……."

그래도 같이 몬스터를 잡으면서 아스라한의 실력이 보통이
아니라는 건 확실하게 느꼈다. 게다가 은근히 팀원을 배려하면
서 싸우기도 했고.

"나쁘진 않아."

"그래?"

"응, 팀워크가 좋더라고."

"팀워크가?"

"응."

"의외네."

"나도 의외였지. 어, 저 앞에 몬스터 나왔다."

"알아서 잡겠지."

선두에 있는 블랙 길드에서 미노타우르스를 모두 처치했다. 가는 길이 참으로 편안했다.

"아, 편하구만."

"이대로 카이온 대륙까지 갔으면 좋겠다."

"흐흐, 그렇게만 되면 좋지."

여유가 넘치다 보니 수다가 늘어났다. 하지만 그 시간도 길지만은 않았다.

"어우, 숫자가……."

워프가 존재하는 산맥의 정상에 가까워지면서 무혁과 그 일행도 움직일 수밖에 없는 상황이 간간이 초래되기 시작한 탓이었다.

나타나는 미노타우르스의 대부분은 블랙 길드가 처리했다. 그러나 정상에 가까워지니 사방에서 놈들이 달려들었고 그 탓에 무혁과 그 일행도 전투에 가담해야만 하는 상황에 놓였다. 물론 그때마다 큰 무리 없이 놈들을 처리했지만, 지금은 상황이 조금 달랐다.

크워어어어어!

지금 후미를 포위한 미노타우르스만 족히 10마리가 넘어갔다. 아마 선두에는 50마리가 넘어가는 녀석들이 블랙 길드와 싸우고 있으리라. 이렇듯 숫자가 많아지니 존재감만으로도 심장이 쫄깃해졌다.

"와, 겁나 무서운데?"

"압박이 장난이 아니야, 진짜."

"13마리네, 정확하게."

무혁은 급히 스켈레톤을 불러내었다.

"소환."

뒤이어 리바이브 스킬을 사용했지만 떠도는 영혼이 0마리였다. 아무래도 블랙 길드에 속한 조폭 네크로맨서가 이미 사용한 모양이었다.

별수 없지.

스켈레톤으로 일단 무혁 본인과 동료를 둘러쌌다.

"위험해지면 바로 위쪽으로 도망치고."

"응, 오빠."

"걱정 마세요, 형."

"김지연 님은 치유 스킬, 신중하게 잘 써주세요."

"네, 네에!"

지휘를 권한을 가진 소환수에게 지휘를 맡긴 후 무혁은 전황을 살폈다. 혹시라도 위험해지는 동료가 생긴다면 그를 도와주기 위함이었다.

"이런……!"

성민우가 홀로 뛰어다니다 미노타우르스 다섯 마리에게 포위를 당해 버렸다. 저 상태에서 놈들에게 집중적으로 공격을 당한다면 30초도 버티지 못할 것이다.

풍폭, 강력한 활쏘기. 윈드스텝.

화살을 한 번 날린 후 빠르게 접근했다.

설인, 이쪽으로.

설인을 부른 후 공격을 퍼부어 네 마리의 시선을 끌었다.

성민우가 겨우 숨을 돌리게 되었지만 반대로 무혁이 위기에 처했다.

콰아앙!

공격을 방패로 막아내면서 최대한 버텼다.

HP가…….

HP가 절반 아래로 줄어들었을 즈음, 부드러운 기운이 전신을 휘감았다.

아, 김지연.

사제인 그녀가 스킬을 사용한 것이었다.

좋아, 버틸 수 있어.

네 마리가 연신 방패 위를 가격하는 상황.

쾅, 콰아앙!

물론 당하고만 있을 생각은 없었다.

으음.

차갑게 가라앉은 시선으로 조용히 기회를 기다렸다.

한편, 블랙 길드원을 지휘하던 혁수가 한결 여유를 찾고 뒤를 확인했다.

무혁 님은 어쩌고 계시려나.

뒤쪽에도 미노타우르스가 나타났는지 전투가 한창이었다.

"1조장."

"예!"

"난 뒤에 갈 테니까 마무리 지어."

"알겠습니다!"

지휘권을 맡긴 후 곧바로 뒤로 향했다.

흐음.

후방의 전투 역시 치열한 상태였지만 블랙 길드원의 숫자가 무려 500이었기에 절대로 밀리지는 않았다. 오히려 차분하게 미노타우르스를 압도하고 있는 상태였다.

하지만 뒤쪽, 그러니까 극후방에 위치한 무혁과 그 일행들은 블랙 길드의 도움을 받지 못하고 있었다. 미노타우르스가 하필이면 딱 그들이 연결된 지점에 난입한 까닭이었다.

저런……!

돕기 위해 질주하던 혁수의 굳어 있던 표정이 조금 풀렸다.

무혁의 압도적인 신위가 보였기 때문이다. 한 줄기 바람이 되어 사방을 돌아다니는 그의 모습을 보고 있으니 정말 대단하다는 생각 외에는 떠오르는 게 없을 정도였다.

후, 엄청나네, 정말.

명실공히 전 대륙 최상위 랭커의 위엄이리라.

잠깐만. 소환수는?

사방에 배치된 스켈레톤의 움직임을 주시했다.

저게 가능한가……?

소환수의 움직임이 자연스러웠다. 블랙 길드에도 조폭 네크
로맨서 유저가 있지만, 그들은 전투가 시작되면 자리에서 거의
움직이지 않는다. 스켈레톤을 지휘하는 것만으로도 버겁기 때
문이다.

그런데 무혁은 저렇게 거칠게 움직이면서도 지휘를 하고 있
었다. 물론 지휘 권한의 문양으로 인한 효과였지만 그 사실을
알지 못하는 혁수로서는 당연한 생각이었다.

"……"

움직이던 걸음을 멈춘다.

도울 필요가 없겠어.

언제부터 전투가 시작되었는지 모르겠지만, 이미 몇 마리를
리바이브로 되살려 내기까지 한 상태였다. 게다가 무혁과 함
께하는 동료들 역시 실력이 심상치 않았다.

"이거, 참."

잠깐이나마 그를 걱정한 자신을 반성하며 다시 몸을 틀었다.

미노타우르스 한 마리를 더 처치한 무혁이 주변을 훑었다.

"끝났나?"

"음, 다 정리한 거 같은데?"

"앞쪽은……."

아직 블랙 길드원은 미노타우르스와 싸우고 있었다.

"도와야 하나?"

"흠, 뭐 저기도 거의 다 끝나서."

확실히 남은 녀석들이 10마리도 되지 않았다. 지금도 죽어 가고 있었고, 3분도 지나지 않아서 상황이 정리되었다. 마침 블랙 길드장 혁수의 목소리가 뒤쪽까지 들려왔다. 마법을 이용한 덕분에 크지는 않았지만 명확했다.

"전투가 끝났으니 20분 정도 쉬도록 하겠습니다."

그에 무혁을 포함해 나머지 일행 모두 자리를 잡고 앉았다.

휴식을 좀 취할까 싶을 때 혁수가 다가왔다.

"자리는 어떠세요?"

"자리라면?"

"가장 후미에 배치되었는데 불편하지 않은가 해서요."

"이 정도는 해야죠."

그래야 경험치도 얻고 미노타우르스의 뼈도 취할 수 있으니까.

"그렇게 생각하면 다행이고요. 그보다 이제 조금만 더 가면 목적지네요."

"그러게요. 1시간 정도 걸리겠네요."

정상이 머지않았다.

"카이온 대륙으로 넘어가면 뭐부터 하실 생각이신지."

"구경부터 해야죠."

무혁이 웃으며 대답하자 혁수가 고개를 끄덕였다.

쉽게 알려주진 않겠다는 건가.

카이온 대륙의 정보도 사실 찾고자 한다면 충분히 찾을 수 있는 상태였다. 남미와 북미 유저들이 처음 시작하는 대륙이니 그 나라의 일루전 홈페이지에 접속해서 해석기만 돌려도 대충은 나오기 때문이다.

"그렇군요. 아무튼 넘어가기 전까지는 같이 잘해보죠."

"네."

그렇게 휴식을 취하고.

"자, 그럼 출발합니다!"

정상을 향해 다시금 걸음을 내디뎠다.

크워어어어!

가는 길에 만난 미노타우르스를 수차례 처치했다. 그 과정에서 꽤 위험한 상황이 연출되기도 했고 블랙 길드원 수십 명이 사망하기도 했다. 다행이라면 무혁과 일행은 한 명의 사망자도 없이 목적지에 도착할 수 있었다는 사실이었다.

"드디어……."

눈앞에 보이는 워프. 카이온 대륙으로 넘어가는 통로였고 그곳엔 줄지어 선 많은 유저가 있었다.

"여긴 몬스터가 안 나타나나?"

"정상이니 밑에서 올라오는 놈들은 있겠지."

"아, 한마디로 늦게 온 놈이 외곽에서 알아서 버텨라?"

"그렇겠지?"

운이 좋게도 블랙 길드 다음으로도 많은 유저가 속속 도착했다. 그들 덕분에 무혁은 몬스터에 대해선 신경을 끊고 순서를 기다릴 수 있었다.

"오빠, 거의 다 됐어."

"아아."

앞에 있던 혁수가 고개를 돌렸다. 눈이 마주친 두 사람은 가볍게 고개를 숙였다. 이어 블랙 길드가 워프를 탔고.

"우리도 가야지."

"응!"

"기, 긴장되네요."

두려움과 기대가 뒤섞인 표정으로 무혁 역시 게이트에 올랐다. 천천히 빛이 올라오며 무혁과 일행을 감쌌고 뒤이어 세상이 하얗게 변했다.

"여긴가……?"

드넓은 공터에 안착한 상태에서 주변을 둘러보는 무수한 유저들. 이들 모두가 포르마 대륙에서 온 자들이었다.

"오빠, 여기 맞지?"

"맞아."

"아직은 뭐, 크게 다른 건 없네. 근데 왜 카이온 대륙 유저는 한 명도 안 보이는 거야?"

"그러게? 카이온 대륙에서도 포르마 대륙으로 넘어가려고 했을 텐데. 왜 없지?"

그들의 의문을 무혁이 풀어줬다.

"포르마 대륙으로 넘어가는 워프는 다른 곳에 있을 거야."

"아아……!"

"여긴 포르마 대륙 유저가 넘어오는 곳이고. 포르마 대륙으로 넘어가려면 또 다른 지역으로 가야 한다, 이거죠?"

"그렇지."

"역시 아는 거 많다니까."

"미리 조사하면 누구나 다 알 수 있거든?"

"흐흐, 귀찮잖냐."

"뭐, 됐고. 일단 마을부터 가보자고."

"오케이!"

군마를 타고 앞으로 이동하던 무혁.

"블랙 길드는 벌써 보이지도 않네?"

"오자마자 이동했겠지."

"하긴. 새로운 대륙이라고는 해도 사이트만 둘러봐도 정보가 있으니까."

그들은 그들 나름의 길을 갔으리라.

"우리는 어디부터 갈 거야?"

"글쎄."

무혁은 성민우의 질문에 대답하며 일행을 훑었다. 그러다 루돌프에게서 시선을 멈췄다.

"여기까지 와줘서 고맙다."

"고맙긴요. 저도 어차피 올 생각이었는데요, 뭐."

"그래. 아무튼 이제 따로 움직여도 돼."

"형은 어디부터 가려고요?"

"이제 생각해 봐야지."

"음, 그럼 접속 시간도 잘 안 맞으니까 저랑 아스라한은 따로 움직일게요. 아, 지연이 누나도 같이 갈 거지?"

김지연이 흠칫거렸다.

"어, 어어……?"

"같이 가자."

"어, 그, 그게……."

고민하는 김지연.

이내 결심을 내렸는지 고개를 저었다.

"나는 무혁 님이랑 같이……."

"음? 저랑요?"

"네, 네에."

"저희야 사제가 없으니 좋기는 한데……."

루돌프가 잠시 미간을 찌푸렸다.

"쩝. 별수 없죠. 지연이 누나가 그렇게 하겠다는데. 아무튼,

잘 부탁드려요, 형."

"어, 그래."

"참. 그리고 여기 화살요."

오는 동안 루돌프에게 맡겨뒀던 화살을 건네받았다.

"복사는 좀 했고?"

"엄청 했죠. 그럼 다음에 또 봐요!"

"잘 가라."

루돌프와 아스라한이 떠나고, 기쁨을 감추지 못한 성민우
가 김지연에게 다가갔다.

"잘 선택하셨습니다!"

"아, 네에."

"제, 제가 잘 모시겠습니다!"

"네, 네에……?"

"오빠! 적당히 좀 해. 언니가 부담스러워하잖아!"

"어, 그, 그런가……?"

무혁도 그녀에게 다가갔다.

"왜 여기 남으려고 한 건지는 모르겠지만, 아무튼 잘 부탁드
릴게요."

"네! 여, 열심히 할게요."

대답하는 김지연의 시선이 성민우에게 향해 있다는 사실을
지금은 아무도 눈치채지 못했다.

"그럼 다시 가자고."

"오케이!"

조금 가다가 무혁이 입을 열었다.

"아까는 조금 고민했는데 첫 번째 목적지는 역시 북부가 좋겠다."

"북부?"

"응. 좀 해야 할 일도 있고. 또 그 근처에 죽음의 탑도 있으니까."

"오오, 죽음의 탑! 거기 가는 거냐?"

"어. 우리가 클리어하는 것도 나쁘지 않을 거 같아서."

"크, 죽이는데?"

"근데 오빠. 카이온 대륙 유저도 아직까지 클리어 못 했는데. 우리가 가능할까?"

"뭐, 클리어는 못 하더라도 층수 오르는 재미는 있을 거 같던데."

"재미?"

"응, 알아보니까 탑 시스템이 묘하더라고."

옆에 있던 성민우가 고개를 내밀었다.

"아, 맞다. 나도 봤어. 약간 가챠 스타일이더라."

듣고 있던 예린이 고개를 갸웃거렸다.

"가챠가 뭐야?"

"무작위 뽑기 시스템이라고 해야 되나. 그런 거."

"아하. 근데 그걸 죽음의 탑에서 할 수 있어?"

"응, 거기가 약간 그렇더라고."

"한마디로 운이 좋아야 층수를 높일 수 있다, 이거지."

게다가 무혁에겐 충분히 도움이 될 수 있는 정보까지 있었다.

어쩌면…….

자그마한 기대를 품은 채로 속도를 높였다. 초원을 누비던 이들의 표정이 참으로 부드러웠다.

"우와……."

처음에는 비슷하다고 생각했는데 초원을 누비면서 그 생각이 바뀌었다. 사냥터 곳곳에 세워진 각종 조형물이 시야에 들어온 탓이었다.

"여기 애기 조각상, 완전 귀여워!"

"포르마 대륙이랑 확실히 다르긴 하구나."

"그러게. 사냥터에 조형물이라니."

성민우가 웃으며 조형물로 향하더니 주먹을 휘둘렀다.

콰앙!

조형물이 부서지며 흩날렸다.

"뭐 하냐……?"

"어? 그냥. 부서지나 싶어서 해봤는데 부서졌네."

"……."

한심하다는 듯 바라보고 있는데 갑자기 조형물 조각이 사라졌다. 그러곤 부서진 조형물이 원상 복구되었다.

"어? 뭐야, 돌아오잖아?"

"우와……!"

저건 예린도 좀 신기한 모양이었다.

여기저기 기웃거리는 두 사람.

잠깐 머뭇거리던 김지연까지 합세했다.

"……."

무혁 홀로 동떨어져 그들을 기다렸다.

1분도 흐르지 않았지만, 이상하게 무혁은 시간이 상당히 더디다고 느꼈다. 2분 정도를 더 버텼을 즈음, 결국 지루함을 참지 못하고 그들을 부르려는데 성민우가 마침 돌아왔다.

"뭐, 별거 없네."

그럼 빨리 좀 오든가.

차오르는 말을 애써 삼켰다.

"크흠, 이제 가자."

"오케이."

다시금 이동하는 네 사람.

"와, 저것도 예뻐……!"

"좋다, 진짜."

카이온 대륙만의 분위기를 한껏 만끽하며 목적지로 향했다. 2시간 후, 포르마 대륙에서 구입한 마나의 구슬과 카르마 약초를 판매할 수 있는 마우림 소도시에 도착했다. 북부 지역에 존재하는 무수한 도시 중에서는 작은 편에 속했지만, 독특한 마을의 분위기가 감탄을 자아내게 했다.

"뭐라고 해야 되지, 이걸?"

"흐음."

"아, 중국 영화 보면 이런 곳 많잖아."

"맞다! 딱이네, 딱."

"중국 사람들이 살아가는 도시 느낌?"

"그렇지!"

그들의 예상대로 이곳에는 무인들이 살고 있다. 포르마 대륙에도, 그라칸 대륙에도 없는 무인들로만 이뤄진 도시인 것이다.

물론 다른 대륙에도 무인이라는 직업을 지닌 유저는 존재한다. 하지만 그들은 제대로 된 배움을 얻지 못한다. 오직 시스템에만 의지한 채 강해져야 하는 것이다.

아, 그 유저는 조금 달랐지? 백랑이었던가. 포르마 대륙 최강자전에서 붙었던 유저. 아직도 기억에 남는다.

엄청나게 강했었는데…….

현실에서도 무인일 가능성이 높으리라.

그런 특이한 경우를 제외하고서. 무인이 되고자 할 때, 그리고 무인이 된 자들이 제대로 된 스킬을 배우고자 할 때 반드시 찾아와야만 하는 곳이 바로 여기, 마우림 소도시였다.

"일단 더 가보자고."

"웅!"

안으로 들어서니 생각보다 많은 이들이 돌아다니고 있었다.

"유저 같은데, 맞지?"

"딱 봐도 유저구만."

"저 사람은?"

"어, 포르마 대륙에서 넘어온 사람인가? 옷은 좀 이상한데."

무혁은 동료들의 추측을 들으며 웃었다.

지내다 보면 눈치채겠지.

정보만 알고 있다면 마우림 소도시의 NPC와 유저를 어렵지 않게 구분할 수 있다. 갑옷이나 로브와 같은 아이템을 걸친 이들은 유저. 중국의 전통적인 복장을 입고 있는 동양인들은 NPC라고 보면 된다.

"자, 다들."

무혁이 떠드는 동료를 불렀다.

"일단 각자 정비 좀 하자."

"왜? 따로 가게?"

"난 알아볼 것도 좀 있어서."

"뭔데?"

"직업 관련 퀘스트."

"아아, 그래. 그러면 소도시라 꽤 넓기도 하니까 한 30분 뒤에 여기서 보자!"

"언니는 저랑 다녀요!"

"아, 으응."

그렇게 동료와 헤어진 후 근처에 있는 NPC에게 다가갔다.

"실례합니다."

"흐음."

NPC로 보이는 중년인의 눈빛이 영 껄끄럽다.

"복장을 보아하니 이방인이군."

"네, 맞습니다."

"무슨 일인가?"

이미 이들이 이방인을 좋아하지 않음을 알고 있다. 그래도 돈이 되니 마을은 개방했지만, 그 이상의 것은 보여주지도, 말해주지도 않는다고나 할까.

하지만 어디에나 예외는 있는 법. 무혁은 오늘 그 예외의 주인공이 될 생각이었다.

"혹시 무인입니까?"

"음……?"

중년인의 표정이 변했다.

경계, 혹은 호기심.

"제가 무인을 동경하고 있습니다. 그런데 한눈에 봐도 무인의 기품이 느껴지더군요."

"크흠, 잘 아는군. 본래 이방인은 그런 걸 잘 모르던데, 자네는 신기하군."

"관심이 많으니까요."

"아무튼. 그래서?"

무혁이 인벤토리에서 마나의 구슬 한 개를 꺼냈다.

"이걸 좀 봐주시겠습니까?"

"이게 뭔가?"

"확실하지 않아서 확인을 해주십사 보여드리는 겁니다. 이게 내공 증진에 도움이 될 것 같기도 해서요."

"뭐? 내공 증진?"

"예."

중년인이 피식하고 코웃음을 쳤다.

"그런 영약을 구하는 게 쉬운 줄 아는가?"

"물론 하늘의 별 따기겠죠."

"알면서도……."

"그러니 보여 드리는 거 아니겠습니까?"

"크흠, 좋네. 한번 봐주지."

중년인은 일말의 기대도 없는 표정으로 마나의 구슬을 받았다. 그런데 손바닥에서 느껴지는 은은한 기운에 대번에 눈빛이 변했다.

"으음……!"

순간 그의 몸에서 기운이 뿜어졌고.

화아아악.

그것이 마나의 구슬을 감쌌다.

"이건……."

"어떻습니까?"

무혁이 웃으며 묻자 중년인이 고개를 끄덕였다.

"미미한 편이지만 분명 내공 증진에 효과가 있어 보이는군."

"그런가요?"

"크흠, 이거 혹시 한 개만 있나?"

"아뇨."

"그럼……?"

"꽤 있습니다. 생각보다 많이요."

중년인의 동공이 흔들렸다.

"혹시, 판매할 생각이 있나?"

"음. 가격만 맞다면야……."

"그 부분은 내가 뭐라 대답해 줄 수 없는 부분이군. 날 따라오겠나?"

"어디로 말입니까?"

"아무래도 문주님을 뵈어야 할 것 같아서 말이야."

마우림 소도시의 책임자를 만나게 해준다는 소리였다.

"좋습니다."

"이리로 오게나."

중년인과 함께 북쪽으로 올라갔다.

곧이어 나타난 거대한 전각. 정말 중국의 옛 시대로 온 기분이었다. 이런 곳이 왜 포르마 대륙이 아닌 카이온 대륙에 있는지는 의문이었지만 말이다.

무혁이 그런 상념에 빠진 사이 중년의 사내는 정문을 지키는 두 사내에게 다가갔다.

"손님이다. 문을 열어라."

"예!"

내부로 들어가자 넓은 정원이 나타났다. 그 길을 가로질러 왼쪽으로 향하자 작은 우물이 보였다.

그 앞에 앉아 낚시를 하며 여유를 즐기는 노인 한 명.

중년인은 조심스러운 태도로 그와의 거리를 좁혔고 일정거리에 도달했을 때 손을 뻗어 무혁을 가로막았다. 입술에 손가락을 가져다 대는 모습에 무혁은 고개를 끄덕였다.

고요한 시간이 흐르고.

"으차."

노인이 잉어 한 마리를 낚아 올렸다.

그리고 잠시 후, 흡족한 듯 웃으며 고개를 돌렸다.

"기다렸더냐."

"아닙니다."

"그래, 무슨 일이더냐."

"손님을 모시고 왔습니다."

"손님이라……."

노인이 무혁을 빤히 쳐다봤다. 아무것도 보이지 않았지만 새하얀 무언가가 무혁을 덮쳐 왔다. 충격은 없었지만 마치 하늘이 무너져 어깨를 짓누르는 것만 같았다.

"이방인인가?"

"예……."

"이방인을 손님으로 데려오다니, 처음이구나. 그래, 설명해 보아라."

중년인이 무혁에게 받은 마나의 구슬을 꺼냈다.

"내공 증진에 효과가 있어 보였습니다. 이 청년이 지니고 있었습니다."

"어디 보자꾸나."

구슬을 살핀 노인이 고개를 끄덕였다.

"0.5년에서 1년 정도의 내공을 얻을 수 있겠구나."

"역시······!"

"하지만 1개뿐이라면 의미가 없다."

그렇게 말을 하면서도 노인의 표정에는 흥미가 없었다. 겨우 0.5년에서 1년. 많아 봐야 몇 개, 혹은 십여 개일 터. 도움이 될 수준은 아니었다.

"수량이 꽤 있다고 합니다."

"꽤 있다라······."

노인의 시선이 다시 무혁에게로 옮겨졌고.

"우리에게 이걸 판매하려고 온 모양이군."

"그렇다고 봐도 무방하겠군요."

"그렇다면 묻지. 수량은 얼마나 되나?"

무혁이 웃으며 대답했다.

"정확히 460개입니다. 지금 손에 지니고 계신 것을 포함해서요."

"······!"

노인의 평온했던 표정이 처음으로 흔들렸다.

꽤 기품 있는 건물의 내부. 식탁에 앉아 서로를 마주 보며 앉은 노인과 무혁.

"그래, 얼마를 원하는가?"

"가치를 아는 분께서 가격을 정해주시죠."

"가치라……."

노인이 잠시 생각에 잠겼다.

"하나에 0.5년에서 1년……."

물론 영약이란 무릇 흡수할수록 효율이 떨어지는 법. 한 사람당 많아야 5개 정도, 460개면 92명에게는 나눠줄 수 있었다. 92명의 재능 있는 아이들이 최소 2년의 내공을 지니고 수련에 임하게 된다면 그 효과는 이루 말할 수 없으리라. 유난히 특출한 아이라면 4년 이상의 내공을 흡수할 수 있을지도 몰랐다.

"허허……."

노인은 한참의 고민 끝에 입을 열었다.

"솔직히 말하겠네. 그 많은 수량을 모두 구입할 돈은 없군."

"의외군요."

"무엇이 말인가?"

"제대로 가격을 쳐주실 생각인 것 같아서요."

"당연한 것 아닌가."

"이방인을 싫어한다고 들었거든요."

"그것과는 관계가 없지."

무혁이 고개를 끄덕였다.

"제 생각이 좁았던 것 같습니다."

"괜찮네. 아무튼 일부는 돈으로. 일부는 물건으로 지급하고 싶군. 가능하겠나?"

굳이 돈으로만 받을 필요는 없었다. 금화가 넘치니까. 오히려 좋은 아이템이 있다면 그걸 얻는 게 더욱 이득이리라.

"지금 바로 물건을 볼 수 있겠죠?"

"물론일세. 따라오게."

노인이 안내해 준 곳은 창고였다.

호오, 아이템 창고구나.

들어가지 않아도 알 수 있었다.

몇 개나 있으려나?

기대하며 안으로 들어갔는데 생각보다 아이템이 많지는 않았다. 대략 20개 정도.

조금 실망스러운 표정의 무혁이었다.

"460개 전부를 판매한다면 150개는 6만 골드에. 나머지 310개는 저기 있는 물건들 중에서 1개로 대체하고 싶군. 절대로 손해는 아닐 것이야."

6만 골드라는 말에 순간 가슴이 뛰었다.

두근.

거금 앞에서 조금 흥분한 탓이었다.

후우, 1개에 5골드를 주고 샀는데 팔 때는 400골드가 된 건가?

무려 80배 장사였다. 150개라는 제한이 붙긴 했지만, 그것만으로도 엄청난 액수다. 다만 나머지 310개, 그러니까 12만 골드에 해당하는 수준의 아이템이 과연 저 중에 있을 것인가가 문제였다.

없을 것 같은데…….

무혁은 미간을 조금 찌푸린 후 대답했다.

"일단, 한번 살펴보겠습니다."

"느긋하게 보게나."

거금에 흔들린 마음을 가라앉히고 걸음을 내디뎠다. 대략 세 걸음을 이동하고서 가장 가까운 곳에 위치한, 검 한 자루를 손에 쥐었다.

[혼백도]

공격력 305

공격 속도 +5%

이동속도 +5%

반응속도 +2%

모든 스탯 +10

추가 공격력 +30

특수 옵션 : 혼백 흡수.

내구도 400/400

사용 제한 : 힘 110, 민첩 100.

300이 넘는 공격력과 옵션에 입이 벌어졌다.

"하⋯⋯."

창고에 들어섰을 때의 생각을 고쳐야 할 것 같았다.

12만 골드의 아이템?

이곳이라면 반드시 존재한다. 사실 혼백도만 해도 부르는 게 값인 수준이었으니까.

만약, 혼백도가 7강이 된다면?

말도 안 되는 대미지가 나올 것이다. 금액 역시 상상 초월.

운이 따라준다면 12만 골드의 몇 배 이상도 받을 수 있으리라.

그 생각이 무혁을 멍하게 만들었다.

"괜찮은가?"

뒤쪽 노인의 목소리에 겨우 정신을 차렸다.

"네……?"

"괜찮냐고 물었네."

"아, 네."

무혁은 서둘러 심호흡을 했고 몇 번이나 반복한 끝에야 겨우 마음을 가라앉힐 수 있었다.

후, 그보다 혼백 흡수는 뭐지?

뒤늦게 눈에 들어오는 특수 옵션. 서둘러 확인해 봤다.

[혼백 흡수]

검에 깃든 영혼이 적의 영혼을 빨아들인다. 빨아들인 영혼이 많아질수록 혼백도의 물리 공격력이 증가한다. 단, 한계치가 존재한다. (항시 적용.)

정말 상상 이상이었다.

미쳤는데?

곳곳에 놓인 다른 아이템은 또 얼마나 대단할 것인가.

상기된 표정으로 그것들을 확인했다.

제2장
카이온 대륙으로

[흑창]

공격력 335

추가 공격력 +35

추가 방어력 +45

모든 스탯 +10

반응속도 +3%

관통력 증가.

특수 옵션 : 검은 악귀.

내구도 470/470

사용 제한 : 힘 120, 민첩 120.

이번에는 한 자루의 창이었다. 흑창 역시 혼백도와 견주어도 결코 뒤지지 않는 뛰어난 아이템이었다.

진짜 미쳤잖아?

하지만 안타깝게도 창을 쓸 일은 없었다. 창을 내려놓고 다음 아이템을 확인했는데 역시나 어마어마한 옵션을 자랑했다. 그다음 아이템도 마찬가지였고. 말도 안 되는 옵션을 지닌 아이템 몇 개를 보게 되니 아무리 무혁이라도 욕심이 나지 않을 수가 없었다.

딱 한 개만……!

제발 스스로가 사용할 수 있는 아이템이 나오기를.

이것도, 이것도……!

전부 최고의 옵션이었지만 무혁이 사용할 종류의 것은 아니었다. 그러다 용이 새겨진 검은 팔찌와 새하얀 팔찌를 발견했다.

[순백의 팔찌]

물리 공격력 +80

물리 방어력 +100

모든 스탯 +5

특수 옵션 : 격살

내구도 300/300

사용 제한 : 힘 100, 민첩 100, 체력 130.

팔찌에 물공과 물방이 붙어 있었다.

분명 엄청나게 좋기는 한데…….

단지 이것만이라면 조금 아쉽기는 했다.

특수 옵션은?

[격살]

HP(500)와 MP(300)를 동시에 소모하여 물리 공격력의 320퍼센트에 해당하는 대미지를 입힌다.

재사용 대기시간 : 1시간.

격살이라는 스킬은 상당히 괜찮았다.

HP, MP야 남아도니까.

1시간마다 사용할 수 있는 강력한 스킬 하나가 생겼다고 보면 되었다.

검은색 팔찌는?

[순흑의 팔찌]

마법 공격력 +100

마법 방어력 +125

모든 스탯 +5

특수 옵션 : 지진

내구도 300/300

사용 제한 : 지식 100, 지혜 100, 체력 130.

옵션을 보는 순간 무혁이 탄성을 내질렀다.

"아……."

두 개의 팔찌가 세트임을 이제야 깨달은 것이다.

이름도, 능력치도. 딱 반씩 나눠 가진 것이었다.

[지진]

HP(500)와 MP(300)를 동시에 소모하여 지정한 구역에 지진을 일으킨다. 마법 공격력의 280퍼센트에 해당하는 대미지를 입힌다.

재사용 대기시간 : 1시간.

검은 팔찌 역시 비슷했다.

둘 다 공격이라……!

정말 마음에 드는 건 팔찌 두 개에 붙은 특수 옵션이 모두 공격 스킬이라는 점이었다. 아무래도 공격과 관련된 스킬이 부족한 무혁이었기에 더욱 반가울 수밖에 없었다.

옵션도 뛰어나 물공, 물방, 마공, 마방이 전부 오른다. 그것도 아주 큰 폭으로 모든 스탯도 10개나 상승한다. 이것만으로도 충분히 만족스러웠지만 무혁은 아직 무엇이 남아 있는지 알았다.

바로 세트 옵션. 두 개의 팔찌를 착용했을 때 나타날 옵션이 너무나도 궁금했다.

"이거 착용도 가능한가요?"

"미안하지만 그건 안 되겠군. 살펴보는 것까지만 허락하겠네. 다만, 팔찌를 선택한다면 당연히 착용해도 되네."

"으음……."

무혁은 혹시나 싶어서 한 가지를 더 물었다.

"팔찌 하나만 됩니까? 아니면……."

"팔찌는 두 개가 짝이니, 두 개를 하나로 인정해 주겠네."

생각보다 통이 컸다. 그래도 일단은 보류.

더 좋은 게 있을지도 모르기에 모든 아이템을 확인해 볼 생각이었다. 그래 봐야 몇 개 되지 않아서 금방 볼 수 있을 테니까.

잠시 후. 모든 아이템을 확인한 무혁의 시선이 다시 팔찌 세트로 향했다.

저게 가장 나한테 맞아.

결국 팔찌를 다시 쥐었다.

"이걸로 하겠습니다."

"알겠네."

노인의 대답을 듣자마자 팔찌를 손목에 착용했다. 그로이언의 팔찌까지 포함해서 거의 평생을 사용해도 좋을 팔찌가 총 3개가 되는 순간이었다.

[흑백의 세트 효과가 발동합니다.]

[HP 회복률(100)이 증가합니다.]
[MP 회복률(100)이 증가합니다.]
[모든 스탯(10)이 상승합니다.]

떠오르는 홀로그램에 눈길을 빼앗겼다. 팔찌로 인한 세트 효과는 그로이언과는 달리 단순한 능력치의 상승이었다. 스킬이 아니라 좀 아쉬웠지만 그래도 이 정도면 충분히 만족스러운 수준이었다.

팔찌의 착용만으로 모든 스탯 20이나 증가하게 되었는데 무혁의 전력이 상승하는 것뿐만이 아니라 소환수의 전력 역시 그만큼 높아지는 것을 의미했으니까.

"어떤가?"

"아주 만족스럽습니다."

"다행이군. 그럼…….."

마나의 구슬을 건네라는 의미이리라.

"여기다가 내려놓을까요?"

"음? 아닐세. 이리로 오게."

노인과 함께 다른 창고로 향했다.

"여기 탁자 위에 올려주게."

"알겠습니다."

무혁은 인벤토리에서 마나의 구슬 전부를 꺼내어 탁자 위에 올렸다. 그것을 바라보는 노인의 표정에 흡족함이 서렸다.

"자, 이건 6만 골드일세."

"감사합니다."

돈주머니를 받자마자 인벤토리에 넣었다.

[현재 골드 : 69,211골드 21실버]

9,211골드 21실버에서 정확하게 6만 골드가 증가했다.

"확인은 안 해도 되나?"

"네."

무혁이 대답하는 순간 메시지가 떠올랐다.

[백호세가의 문주, 백호운의 호감도가 증가합니다.]

돈을 확인 안 해서?

순간 그런 생각이 들었지만 이내 고개를 저었다. 아마도 거래가 아주 흡족해서이리라.

"좋네. 그럼 거래는 끝났군."

"그렇습니다."

노인이 잠시 무혁을 쳐다봤다.

"본래 이방인과는 상종을 하지 않네만……."

"……."

"그래도 이렇게 인연을 맺었으니 훗날 다시 한번 들러주게."

무혁의 눈동자가 예리해졌다. 호감도가 상승한 후 노인의 태도가 확실히 달라졌다.

이거 퀘스트 느낌인데?

마우림 소도시 NPC들과는 호감도를 올리는 것이 매우 어렵다. 하지만 만약에 올릴 수만 있다면 그들로부터 다양한 퀘스트를 받을 수 있다. 긴 시간 폐쇄적으로 지냈으나 그런 만큼 무공 실력 하나만큼은 절대로 무시할 수가 없다.

그들이 내어주는 퀘스트는 얼마나 어려울 것이며, 그 보상은 또 얼마나 뛰어날 것인가.

아쉽지만, 여기까진 잘 모르니까.

이제 무혁이 알고 있는 정보가 서서히 떨어지고 있었다.

2년 정도만 더 지나면…….

더 이상 정보를 토대로 앞서 나가긴 어려우리라.

그 전까지 최대한 성장해야지.

그렇기에 노인의 말을 거절할 이유가 없었다.

"꼭 오겠습니다."

"기다리고 있겠네. 물론 그때는 지금보다 더 강해졌으리라 믿겠네."

"물론입니다."

더 이상의 대화는 필요가 없었다.

"그럼, 이만."

"살펴가게나."

인사를 한 후 그와 헤어졌다.

동료와 만나기로 했던 장소로 향하는데 환전소가 눈에 들어왔다.

잠깐 들렀다가 갈까.

오래 걸리지 않기에 환전을 하기로 했다.

"어서 오세요."

"현금으로 전환 좀 하려고요."

"얼마나 전환하시겠습니까?"

"6만 골드요."

"많으시군요. 한 번에 올리시겠어요? 아니면……."

"1천 골드씩 나눠서 올릴게요."

"수수료 있는 건 아시죠?"

"네."

"그럼 손 좀 주세요."

무혁이 손을 내밀자 환전소 직원이 기계로 스캔을 했다.

"6만 골드, 환전 시작되었고요. 골드가 팔릴 때마다 입력하신 계좌로 자동 입금됩니다."

환전소에서 나와 동료에게 향했다.

"오빠! 여기!"

"좀 늦었나?"

"아냐, 한 3분 정도 기다렸나?"

"다행이네. 가볼까, 이제?"

"좋지!"

군마를 타고 죽음의 탑이 위치한 곳으로 향했다.

"오빠, 근데 50층이라던데, 오래 걸리겠지?"

"깨뜨린 층수는 유지가 된다고 하니까 천천히 올라가 보자고."

"아, 진짜?"

"응."

"그러면 괜찮겠다."

10층까지 올라간 후 다시 들어가면 10층에서 시작하는 방식이기에 크게 부담이 될 것은 없었다. 물론 그럼에도 불구하고 아직까지 클리어가 되지 않았다는 사실이 탑의 난이도를 간접적으로 알려주고 있었지만 말이다.

"거리는 꽤 먼가?"

"금방이야."

무혁의 말대로 죽음의 탑은 마우림 소도에서 그리 멀지 않았다. 군마로 이동했을 경우 대략 10분 거리였으니까.

"오, 저기 보인다!"

50층 높이였기에 멀리서도 목적지가 보였다.

파바밧.

절로 속도가 높아졌다.

"군마야, 더 빨리 가자!"

탑과 가까워지니 카이온 대륙의 유저가 꽤 많이 보였다. 백인과 흑인들이 뒤섞여 있었는데 하나같이 체격이 상당히 컸다.

"뭐가 저렇게 크냐."

특히 흑인들은 갑옷 사이로 보이는 근육이 돌멩이보다 더 굵고 단단해 보였다. 그들을 지나치다 보면 정말 간간이 포르마 대륙의 유저로 추정되는 이들을 발견할 수 있었는데 그때마다 이상하게 반가운 마음이 들었다.

"오, 저기도 포르마 유저인가?"

"뭔 상관이야."

"낯선 지역에서 보니 새롭잖냐."

"새롭긴, 무슨."

쓸데없는 상념과.

유저들 구경에 여념이 없는 사이, 목적지에 도착했다.

"다 왔다."

줄을 서서 순서를 기다렸다. 이내 순서가 찾아왔고 무혁, 성민우, 예린, 그리고 김지연. 네 사람 모두 죽음의 탑에 입장했다.

[죽음의 탑 1층에 입장하셨습니다.]

[클리어 : 129,117팀]

13만에 가까운 팀이 깨뜨린 1층.

"팀 하나에 10명씩만 잡아도 129만 명인가?"

"어마어마하구만."

도전이 아니라 클리어 숫자가 저 정도라는 소리였다.

"1층 클리어는 쉽겠네."

"어렵진 않겠지."

그렇게 여기고 정면으로 이어진 넓은 길을 따라서 천천히
나아갔다. 얼마 가지 않아서 고블린 무리가 등장했다.

"에에? 고블린?"

"1층이라 쉬운 거려나?"

"아마도?"

초보 유저들이 사냥하는 몬스터인 까닭에 조금도 긴장되지
않았다.

픽, 피빅.

놈들의 공격도 피하지 않았다.

[1의 피해를 입습니다.]

HP가 1밖에 줄어들지 않았으니까.

"이것, 참."

웃음을 머금은 채 거리를 좁혔다.

지척에서 가볍게 주먹을 휘두르자 한 방에 고블린의 머리가
터져 나갔다. 잔인한 장면이었지만 회색과 은색의 빛이 어우러
지며 사라진 탓에 거북함은 들지 않았다.

"너도."

또다시 한 마리를 죽였다.

투욱.

그때 무언가가 바닥에 떨어졌다.

"어? 보석인데?"

아이템 확인.

[루비]
특수한 던전에서만 나오는 보석으로 해당 던전 내부에서만 사용할 수 있으며 이것으로 뽑기를 시도할 수 있다.

이미 알고 있는 내용이었기에 떠오른 홀로그램을 대충 훑은 후 그것을 동료들에게 넘겼다.

"다들 읽어봐."

성민우와 예린, 김지연이 차례로 확인했다.

"이걸로 뽑기를 하는 거네."

성민우의 말에 예린이 반응했다.

"아, 무슨 가챠 시스템이라고 했었지?"

"맞아. 무작위 랜덤 뽑기."

"그러면 2층으로 향하는 열쇠라던가, 뭐 그런 걸 뽑아야 하는 거겠네?"

"그렇지."

"물론 열쇠는 잘 안 나올 테고?"

"아마도?"

"그러면 아예 꽝인 거야?"

"어, 음……."

이번에는 성민우가 대답하지 못했다. 그에 무혁이 입을 열었다.

"꽝은 아니고 쓸모없는 잡템이 나오는 편이지."

"잡템만?"

"뭐, 운이 좋으면 괜찮은 아이템이 나오기도 한다고 하더라."

"와, 진짜?"

"응."

"그럼 보석 진짜 많이 모아야겠다."

그래야 뽑기를 많이 시도할 수 있을 테니까.

다시금 눈앞에 있는 고블린을 사냥하기 시작했다.

"일단 1층은 가볍게 넘어가자고."

몇 마리를 잡으니 이번에는 다이아몬드가 떨어졌다.

"새로운 보석이네?"

"다이아몬드라……."

앞으로 향해 다음 고블린을 처리하니 루비와 다이아몬드가 몇 개 더 떨어졌다. 그렇게 수십 마리를 잡았을 즈음 토파즈 한 개가 드랍되었다.

"어, 새로운 보석이야!"

"토파즈네?"

"보석이 몇 개나 있는 거야, 이거?"

루비, 다이아몬드, 토파즈. 무혁은 이미 3개가 끝임을 알고 있었다. 그리고 이 보석들의 비밀 또한.

"더 잡아보면 알겠지."

그렇게 말하면서 알고 있는 정보를 억누르며 다시 눈앞에 있는 고블린을 방패로 가볍게 밀어쳤다. 허무하게 바스러진 고블린이 루비를 떨어뜨렸다. 그것을 확보하며 앞으로 나아가기를 몇 분. 1층의 끝으로 추정되는 장소에 도착했다.

"끝인 거 같은데?"

"문이 하나 있기는 한데……."

자연스럽게 손을 뻗어 문을 건드렸다.

[뽑기 시스템이 활성화됩니다.]

그러자 문 앞에 거대한 상자가 나타났다.

[2층으로 향하기 위해선 뽑기를 통해 해당 열쇠를 획득해야 합니다. 코인을 이용해 뽑기를 시도할 수 있으며 열쇠는 낮은 확률로 등장합니다.]

상자 내부는 보이지 않았지만 하단에 위치한 보석 투입구 3개와 레버. 그리고 아이템 반출구로 인해서 어떻게 이것을 이용해야 할지, 또 어떤 방식으로 뽑기를 해야 하는지를 한눈에 파악할 수 있었다.

"나, 이거 해본다?"

성민우가 가장 먼저 앞으로 나아갔다.

"해봐."

"좋아, 그럼 한번 뽑아보자고!"

약간 흥분한 표정으로 루비를 투입구에 넣고 레버를 내렸다. 상자가 미미하게 진동하기를 수차례. 아이템 반출구에서 무언가가 튀어나왔다.

"아, 젠장……!"

고블린의 가죽이었다. 정말 아무 곳에도 쓸데가 없는 잡템이었다.

"와, 이건 쓰레기다, 진짜."

짜증이 난 성민우가 다시 보석을 넣었다.

끼리릭.

이번에도 하등 쓸모가 없는 아이템이 튀어나왔다.

"아, 좀……!"

몇 번을 시도해도 마찬가지였다.

"젠장."

결국 보석을 모두 소모하고서야 뒤로 물러났다. 곧바로 예린이 앞으로 나섰는데 그녀가 동시에 루비와 다이아, 토파즈를 모두 투입구에 집어넣었다.

"어? 한 방에?"

"응, 그래도 되는 거지?"

"나도 모르지."

성민우가 어깨를 으쓱거리며 대답했지만 예린은 개의치 않고 레버를 내렸다. 특유의 소리를 한참 동안 내뱉더니 반출구에서 무언가가 튀어나왔다.

"어……?"

그것은 꽤 좋아 보이는 한 쌍의 귀걸이였다.

"우, 우와······!"

탄성이 자연스럽게 따라 나왔다.

"뭔데? 좋아?"

"응!"

아무래도 대박을 건진 모양이었다.

그에 투덜거리는 성민우.

"아, 진짜 될 놈 될. 안 될 안이다."

될 놈은 되고, 안 될 놈은 안 된다. 그 명언을 되새기는 순간이었다.

잠시 후 무혁의 차례가 되었다.

어쩔까.

열쇠가 나올 확률을 높여주는 보석의 비율을 알고 있지만, 처음부터 사용해도 괜찮을지에 대해선 확신할 수가 없었다.

일루전TV도 켜진 상태고······.

혹시나 방청자 일부가 따라 하다가 비법이 밝혀질 우려도 있었다. 고민은 길지 않았다.

섞어야겠군.

결국 비율을 숨기기로 했다. 먼저 넘쳐 나는 루비 하나.

끼리릭.

나온 잡템을 인벤토리에 넣고 루비 2개를 넣었다.

또다시 잡템 하나.

다음에는 루비 하나와 다이아 하나를 넣었다.

이번에도 잡템이겠지.

다음번에 열쇠가 나올 확률이 높아지는 비율을 사용할 생각이었다.

그런데.

"어······?"

허망하게도. 아니, 운이 좋게도 이번에 열쇠가 튀어나와 버렸다.

"나왔네?"

"대박······!"

무혁도 조금 놀라긴 했지만 좋은 게 좋은 거라고. 이내 표정을 수습한 후 동료들을 쳐다보며 웃었다.

"2층 갈까?"

"미친놈."

"왜 욕이야, 우리 오빠한테!"

"크흠, 운이 너무 좋잖아."

"팀인데 뭐 어때?"

"그, 그렇지."

혼자 못난 놈이 된 성민우가 풀이 죽은 채 어깨를 늘어뜨렸다. 옆으로 온 김지연이 물끄러미 바라보다 조그마한 입술을 움직였다.

"히, 힘내세요."

"아······!"

그에 다시 표정이 밝아진 성민우.

"흐흐, 2층으로 가자고!"

무혁이 피식하고 웃으며 거대한 문의 우측 중앙에 위치한 열쇠 구멍에 열쇠를 꽂았다. 한 바퀴를 돌리자 진동이 울리더니 문이 열렸다. 나타난 계단을 통해 2층으로 올라서자.

[죽음의 탑 2층에 입장하셨습니다.]
[클리어 : 115,773팀.]

2층에 올랐다는 문구와 클리어한 팀의 숫자가 떠올랐다.

"1층이랑 비슷하네?"

"한 10층까지는 쉬울 것 같은데?"

"오호라. 딱 보니까 층수가 오를수록 몬스터도 강해지고 열쇠가 나오는 확률도 줄어들겠네."

성민우의 추측은 정확했다.

"멍청한 줄 알았더니."

"엥? 뭐라고?"

"아, 미안. 속마음이 튀어나와 버렸네."

"진짜 어이가 없구만."

그러면서도 크큭거리며 웃는 두 사람이었다.

"오빠들, 장난 그만 치고 가자구."

"아아, 그래."

앞으로 향하니 오크가 나타났다.

"2층은 오크구만."

고블린보다 조금 더 센 정도?

손쉽게 놈들을 처리했고 나오는 보석을 주웠다. 그렇게 2층의 끝에 도달했을 땐, 1층에서 모은 보석까지 더해 꽤나 많은 수량이 준비된 상태였다.

[뽑기 시스템이 활성화됩니다.]

[2층으로 향하기 위해선 뽑기를 통해 해당 열쇠를 획득해야 합니다. 코인을 이용해 뽑기를 시도할 수 있으며 열쇠는 낮은 확률로 등장합니다.]

순식간에 찾아온 크리스마스이브.

가족끼리 모여 파티를 준비했다.

"야, 트리 꼭대기에 별을 달아야지!"

"내 맘이야."

"또 맞고 싶냐?"

트리를 만드는 과정에서 강지연이 끊임없이 투덜거렸다. 더이상 참지 않겠다는 듯 무혁이 의미심장한 미소를 지었다.

"때린다고? 정말?"

"그래! 정말이지, 가짜겠냐?"

"선물도 준비했는데. 그냥 환불받아야겠다."

"뭐……?"

"아냐, 아무것도."

무혁이 대수롭지 않다는 듯 중앙에 달린 별을 떼어내려는 순간.

"별은 역시 중앙에 있어야지."

"음?"

강지연이 태도를 바꿨다.

"별은 트리의 중앙에 있어야 맛이 산다구."

"그렇지?"

"그럼, 우리 동생이 하신 말씀인데."

"그래, 그럼 꼭대기에는 전구나 걸쳐."

"예이, 알겠습니다요."

과장된 태도의 강지연을 바라보던 무혁이 문득 생각났다는 듯 말했다.

"참, 지금 잠깐 같이 파티하고 있는 사제 한 명이 있는데."

"응."

"이름이 누나랑 똑같더라."

"진짜?"

"어."

"그럼 좀 예쁘겠다?"

"……."

"농담이야, 정색하기는."

시답잖은 농담을 뒤로한 채 트리 만들기에 다시금 집중했다. 곧이어 트리가 완성되었고 그에 기다리고 있던 아버지와 어머니가 케이크를 내왔다.

"자, 다들 앉자."

소파에 앉아 케이크를 먹으면서.

"모두들 메리 크리스마스."

"아빠두, 메리 크리스마스!"

"그러고 보니 1주일 뒤면 또 한 살 먹는 거네?"

"으아아, 생각도 하기 싫어……!"

갑작스러운 나이 얘기에 강지연은 몸서리를 쳤다.

"그래도 새해니까 새로운 마음으로 지내야지."

"으응."

"일루전도 자주 여행하고."

본론은 이거였다. 일루전 여행.

무혁이 웃으며 고개를 끄덕였다.

"아무튼 트리도 참 예쁘구나."

"크흠, 선물도 준비했어요."

타이밍이라 여긴 무혁이 회심의 선물들을 건넸고.

"어머, 아들……!"

"크흠, 선물이 조금 과하지만 고맙게 받으마."

"어이, 동생. 고맙다, 짜식!"

하나같이 만족스러워하는 가족들을 보며 무혁 역시 마음이 흡족해졌다.

크리스마스 당일에는 예린과 시간을 보냈다.

물론 선물도 주고받았고.

저녁에는 성민우가 나왔다. 예린의 친구도.

서로에게 소개를 시켜주는 자리였던 것이다.

그러나 안타깝게도 적극적으로 나설 거라 여겼던 성민우가 오히려 몸을 조금 빼면서 소개팅이 애매하게 끝나 버렸다. 그럼에도 불구하고 무혁에게는 분명히 즐거운 날이었다.

놀릴 거리가 생긴 순간이었으니까.

"하아, 그게 벌써 4개월 전이라고……!"

"그랬나?"

"내가 그때는 컨디션이 안 좋았다고!"

"그래서 소심 코스프레를 하셨다?"

"그래, 했다. 왜!"

"남자가 말이야. 쯧……."

"으으……!"

심심하면 그날의 일을 얘기하면서 성민우를 골려줬다.

"어, 벌써 문이네?"

"후, 그래. 이제 그 이야긴 그만하고 열쇠나 뽑자."

성민우가 바로 보석을 넣고 레버를 내렸다.

끼리릭.

나오는 잡템들을 뒤로 휙휙 던졌다.

"아, 난 안 되겠다."

"그럼 내가 뽑지, 뭐."

곧바로 무혁이 나서서 보석을 낭비했다. 물론 틈틈이 열쇠 획득 확률을 높여주는 비율을 사용했지만 열쇠는 쉽사리 뽑히지 않았다.

예린과 김지연의 보석까지 모두 사용한 후 왔던 길을 돌아가 리젠 된 몬스터를 다시금 사냥하기 시작했다. 몇 번이나 반복하면서 몬스터를 죽이고 보석을 모은 무혁과 일행이 다시금 뽑기를 시도하기 위해 문으로 향했다.

보석을 대부분 사용했을 즈음.

"나왔다……!"

"오오!"

기다리던 열쇠가 6일 만에 모습을 드러냈다.

무난한 속도로 올라오던 방청자들의 채팅 속도가 급증했다.

-크, 열쇠 나왔습니다!

-오호라. 이번 층수는 좀 지겨웠죠?

-ㅇㅇ, 진짜 오래 걸림…….

-몬스터 사냥은 언제나 재미가 있지만 그래도 같은 녀석으로 반복되니 지루하긴 하더군요.

-물론 득템 한 번은 했지만ㅋㅋ

-그래도 빨리 클리어했으면 좋겠네요.

-마지막 보상 장난 아니겠죠?

-탑이 무려 50층이고, 또 이렇게 클리어하는 게 어려우니 아무래도 마지막 보상은 상당하지 않을까요?

-어쩌면 보상이 없을지도 모르고요ㅋㅋㅋ

-그건 유저 농락ㅠㅠ

-으음, 전 대박 하나 기다리고 있을 것 같음.

-느낌적인 느낌?ㅋㅋ

-ㅇㅇ

-저도 기대합니다!

그 순간 무혁과 일행이 다음 층수로 올랐다.

"시야 공유, 잠깐 on으로 바꾸겠습니다."

무혁의 말에 방청자들이 손을 바삐 놀렸다.

-시야 공유로 바꿈!

-저도ㅋㅋㅋ

-전 원래부터 시야 공유였음. 후후후.

-준비성이 철저한 거?

-그냥 귀차니즘임ㅋㅋ

-그랬군요ㅋㄷ

-그보다 이번에는 몇 팀이려나요.

방청자가 궁금해하는 건 단순했다. 층을 오르는 순간 떠오르는 클리어 팀의 숫자였다. 마침 무혁이 계단의 끝에 도달했다.

[죽음의 탑 40층에 입장하셨습니다.]
[클리어 : 9팀.]

떠오른 홀로그램에 눈을 비볐다.

-와, ㅁㅊ. 39층 클리어 팀이 300이 넘었는데 40층 클리어 팀이 겨우 아홉이라고?

-워…….

-40층이 난이도가 겁나 높은가 본데요?

-이제부터 지옥 시작인가요?

-웰컴 투 더 헬……!

-근데요, 지금 속도면 41층이나 42층 정도 되면 무혁 님이 1위 찍는 거 아닌가요?

-그렇겠죠……?

-역시 포르마 대륙 클라스.

-아직은 모름ㅋㅋ

-크, 그럼 이번에도 초스피드로 40층 클리어 가 봅시다! 그런 의미로 쿠폰 투척!

-저도 쿠폰 드립니다.ㅎㅎ

-힘내세요!

그 사이 나머지 동료들 역시 40층에 올라왔다.

"소환."

각자의 소환수를 불러낸 그들이 조심스러운 태도로 걸음을 옮기기 시작했다. 확실히 저층과는 분위기 자체가 달랐다.

30층부터였던가. 그때부터 120레벨의 몬스터가 등장했고 39층에는 150레벨 몬스터가 나타났었다.

"이번에는 어떤 놈이 나오려나."

아마도 160레벨의 몬스터. 종류는 알 수가 없다.

그나마 다행이라면 팀원의 숫자에 따라서 나타나는 몬스터의 숫자 역시 줄어든다는 점?

게다가 그것과는 반비례하여 열쇠가 나올 확률이 높아진다는 사실이랄까.

그렇다고 무조건 팀원의 수가 적은 게 좋은 건 아니었다. 팀원이 적을수록 사냥하는 속도가 현저하게 떨어지기 때문이다. 그럼 보석의 습득이 줄어들고 자연스럽게 뽑기를 할 수 있는 횟수 역시 하락하게 마련이었다.

"이제 몬스터가 꽤 세질 거야."

"으음."

"긴장해야 되는 거, 알지?"

"물론이지."

"응, 오빠."

"지연 님은 지금까지처럼만 해주세요."

"네에."

대화를 멈추고 앞으로 향했다.

크륵, 크르륵.

나타난 몬스터는 검독수리. 와이번과 비교되는 귀찮은 놈들이었다.

"공중 몬스터네."

"귀찮겠는데?"

"뭐, 그래도 공간이 넓지 않으니까."

무혁은 메이지와 아처에게 공격을 명령한 후 지면을 밀어냈다. 뻗어 나가는 마법과 화살을 뒤쫓는다.

쾅, 콰과과광!

마법이 검독수리 다섯 마리를 타격하고 뼈 화살이 놈들의 날개에 꽂혔을 때, 무혁은 무릎을 살짝 굽힌 후 반동을 이용하여 높이 뛰어올랐다. 벽을 한 번 박차고 근처에 위치한 검독수리 한 마리의 위에 올라탔다.

풍폭, 격살.

검을 그대로 내리꽂았다.

[격살을 사용합니다.]
[HP(500)와 MP(300)를 소모합니다.]
[풍폭을 사용합니다.]
[MP(200)를 소모합니다.]
[크리티컬이 터졌습니다.]

[6,198의 대미지를 입힙니다.]
[11,157의 추가 대미지를 입힙니다.]

1시간에 1번밖에 사용할 순 없지만 320퍼센트의 대미지를 주는 격살. 여기에 크리티컬까지 터져 버리니 풍폭의 대미지가 1만이 넘어버렸다.

몇 번을 써도 참······.

그간 순흑의 팔찌와 순백의 팔찌에 깃든 특수 옵션인 격살과 지진을 수시로 사용했다. 그럼에도 저 압도적인 대미지에는 쉽사리 적응이 되지 않았다.

키, 키아아아악!

그럼에도 검독수리는 죽지 않았다.

HP가 진짜······!

레벨 160의 몬스터임을 새삼스레 깨달으며 다시 검을 찔러 넣었다.

푹, 푸욱.

그 와중에 놈이 몸부림을 친 탓에 바닥에 떨어졌지만 곧바로 다시금 뛰어올라 등에 다시금 올라탔다. 아래에서 꾸준히 공격하는 활뼈의 도움을 받아 드디어 놈을 죽일 수 있었다.

"후읍."

바닥에 착지한 무혁이 떨어진 보석을 인벤토리에 넣은 후 남은 네 마리의 검독수리를 쳐다보며 다시 걸음을 내디뎠다.

키아아아악!

그 순간 검독수리가 날갯짓을 하면서 깃털을 비수처럼 날려 댔다. 방패를 내민 채로 걸음은 멈추지 않았다.

텅, 터더더덩.

깃털이 방패를 두드리며 사방으로 튕겨 나갔다.

피해?

방패를 사용하는 경우에 한해서는 충격 흡수율이 90퍼센트에 달하기에 이 정도 피해는 간지러울 뿐이었다. 막아내면서 앞으로 나아가던 무혁이 속도를 높였다. 어느새 한 마리가 머리 위로 지나쳤고 그 즈음, 날아오던 깃털 역시 멎었다.

"후읍!"

뛰어오르는 순간 우측에서 성민우의 모습이 보였다. 그 역시 무혁 못지않게 저돌적으로 놈들을 공격하고 있었던 것이다. 심지어 방패는 사용하지도 않고 있었다. 전과는 달리 믿고 있는 구석이 있었기 때문이다.

"지연 님, 힐 좀 주세요!"

"네에!"

그 믿는 구석은 바로 김지연이었다. 치유의 빛이 뻗어 나가고 성민우의 전신을 휘감더니 줄어들었던 HP를 끝까지 채웠다.

"우오오오!"

또다시 미친 듯 발광하는 그.

"덤벼라, 짜식들아!"

정령들과 함께 짓밟고 때리기를 반복하다 보니 어느새 검독수리 한 마리가 힘을 잃고 바닥으로 추락했다. 대기하던 스케레톤들이 무기를 뻗어 마무리를 지었다. 그사이 무혁 역시 한 마리를 더 처치했고, 예린 역시 다람쥐와 마법을 병행하여 한 놈을 죽였다.

"후아."

마지막 남은 한 마리.

키아아아악!

안간힘을 다해 날개를 비수처럼 날리고, 바람을 일으켜 돌 풍을 일으키고 하강하며 스켈레톤들의 뼈를 발톱으로 짓이기 고, 돌아다니며 검보다 날카로운 날개로 공격을 여러 번 시도 해 봤지만 결국 피해를 입는 건 스켈레톤일 뿐이었다. 무혁과 예린, 성민우와 김지연은 여전히 쌩쌩한 표정으로 놈을 여유 롭게 잡아냈다.

"휴식."

짧은 휴식을 취하고 다시금 앞으로 나아가기 전.

"리바이브."

검독수리 다섯 마리를 되살렸다.

"가자고."

"응!"

얼마 지나지 않아 검독수리 다수가 나타났다.

"대충 15마리는 되겠는데?"

"이번에는 제대로 긴장 타자고."

"오케이."

5마리일 때와는 비교가 되지 않는 치열한 전투가 벌어졌다.

3일이란 시간을 보냈으나 결국 열쇠를 얻는 것에 실패한 무혁과 일행들.

"후, 일단 나가서 바람이나 좀 쐬자."

"차, 찬성."

"저두요……."

"그게 좋을 거 같다."

다들 지친 기색이 역력한 표정으로 무혁의 말에 동의했다. 곧바로 40층이 시작되는 출입문으로 향해 문을 건드렸다.

[39층으로 내려가시겠습니까?]

노를 선택했고.

[탑의 외부로 나가시겠습니까?]

예스를 택했다.

후-우-웅.

부드러운 바람이 무혁과 일행을 감쌌고 순식간에 주변 환경이 뒤바뀌는 경험을 했다.

"군마 소환."

가장 가까운 마을로 향했다. 그곳에서 맛있는 음식을 사 먹으며 제대로 된 여유를 즐겼다.

"크, 죽음의 탑이 이래서 좋다니까."

"나올 수 있는 거?"

"어, 다른 탑이나 던전도 이렇게 만들어야 돼. 얼마나 좋아?"

"웬일로 옳은 말을 다 하냐?"

"어허, 웬일이라니."

짐짓 근엄한 표정을 짓는 성민우. 그 순간 김지연과 눈이 마주쳤고.

"크, 크흠."

헛기침과 함께 손에 들린 음식을 포크로 찍어 슬며시 건넸다.

"이것도 좀 드세요. 마, 맛있으니까."

"아, 아, 네, 네에……."

언제부터였던가. 예린이 친구를 소개시켜 주던 날. 미안하다며 돌아가던 그 날. 그 이후로 성민우는 틈만 나면 저렇게 김지연을 챙겨주기 시작했다.

지켜보는 입장에선 티가 날 수밖에 없는 상황.

예린과 무혁이 서로를 보며 웃었다.

씨익.

이내 아무것도 모른다는 듯, 표정을 관리했다. 그러곤 우물거리고 있는 김지연을 바라보며 무혁이 입을 열었다.

"맞아요. 좀 드세요."

"네, 네에."

그제야 김지연은 성민우의 포크에 찍힌 고기 한 점을 받아먹었고 둘 사이에는 말로는 설명하기 어려운 어색하면서도 긴장되는 묘한 기류가 흘렀다.

내일부터 다시 탑을 오르기로 결정한 무혁과 일행.

"내일 보자."

"쉬, 쉬세요."

"오빠, 잘자!"

모두와 인사를 나눈 후 무혁은 일루전TV를 끈 후 경매소로 향했다.

"어서 오십시오."

"포르마 대륙에서 왔는데요."

"아, 그러셨군요."

"카이온 대륙으로 시스템을 바꾸려고요."

NPC로 보이는 사내가 고개를 돌렸다.

"저기 7번으로 들어가시면 됩니다."

곧바로 7번으로 들어갔다.

내부에는 책상에 다리를 올린 채 여유를 즐기는 사내가 있었다. 무혁이 등장하자 놀랐는지 다리를 내리고는 천천히 몸을 일으켰다.

"어이쿠, 손님이 오셨군요."

"네."

"무슨 일로……?"

"카이온 대륙으로 경매장 시스템을 좀 바꾸려고요."

"아하."

사내가 웃으며 다가왔다. 눈앞에 있는 자는 NPC가 아니라 일루전 측의 직원이라고 볼 수 있었다.

그가 무혁의 손목을 잡더니 스캐너로 훑었다.

"포르마 대륙 유저시군요."

"네."

"카이온 대륙으로 변경했습니다."

"감사합니다."

인사를 한 후 나와 경매장 시스템을 열었다. 시스템을 바꾼 덕분에 포르마 대륙이 아니라 카이온 대륙 유저들이 판매하는 물건이 나열되었다.

아르카나의 피, 검색. 수량은 생각보다 많지 않았다.

대략 500개인가.

전부 구입하자 5골드가 소모되었다.

그야말로 싼값이라고나 할까.

무혁은 웃으며 연금술사 길드로 향했다.

"방 하나 빌릴게요."

"어떤 방을 원하시는지요?"

"특급."

"시간당……."

금액을 지불하고 방으로 들어가자마자 카르마 약초 500개와 아르카나의 피 500개를 연금술 솥에 넣었다.

[아르카나의 피(500개)와 카르마 약초(500개)가 서로 융화됩니다.]

[완성까지 남은 시간 : 55분.]

55분은 생각보다 긴 시간이다. 일루전에서 나와 가족들과 잠깐 시간을 보내고 다시 접속했다.

[완성까지 남은 시간 : 2분 30초.]

[카르마의 피(500)가 생성되었습니다.]

원하던 아이템이 손에 들어왔다.

[카르마의 피]

복용할 경우 즉시 HP(500)를 회복시키며 10초 동안 총 500의 HP를 추가로 회복시킨다. 단 반복해서 복용하기 위해선 10분의 시간이 필요하다.

10분에 한 번씩 복용할 수 있다는 제한이 있지만 무려 1천에 해당하는 HP를 채워주는 물약이었다. 지금 상태에서 이 약초가 유저들에게 개방된다면 꽤나 비싼 값을 주고서라도 구매하기 위해 눈에 불을 켤 것이다.

단점도 있지.

안타깝게도 카르마라는 단어와 피라는 단어가 붙은 상태였다. 재료가 밝혀지는 건 생각보다 빠를 것이고 배합 비율 역시 순식간에 찾으리라.

1대1이니까, 뭐.

그렇기에 한동안은 유저에게 판매할 생각이 없었다. NPC에게도 효과는 동일하니까.

무혁은 고민하다가 가장 처음 인연을 맺은 백호세가의 문주, 백호운에게로 향했다.

잠시 후. 마우림 소도시에 도착한 무혁은 곧바로 세가를 찾아갔다.

"음? 자네는……."

"또 뵙네요."

"그렇군. 무슨 일인가?"

"문주님을 뵙고 싶어서 왔습니다."

"문주님을?"

"네, 드릴 말씀이 있어서요."

"흐음, 잠깐 기다리게."

사내가 들어가고 얼마 지나지 않아 다시금 나타났다.

"따라오게나."

"네."

그와 함께 이동해 내부로 들어섰다.

"조금 기다리면 오실 것이네."

"알겠습니다."

약 5분 뒤 백호운이 등장했다.

"오랜만이군."

"네, 4개월이 조금 지났죠."

"그런가? 그런데 무슨 일인가?"

무혁이 품에서 카르마의 피를 꺼냈다.

"제가 만든 겁니다."

"만들었다?"

"네, 치유에 효과가 있는 물건입니다."

백호운의 눈동자가 반짝였다.

"치유라……."

이내 카르마의 피를 받더니 조심스럽게 살폈다.

"효과는 어느 정도인가?"

"좋습니다."

"그런데 말하면 이해하기가 어렵군. 직접 먹어봐도 되나?"

"네."

무혁의 대답에 그가 검을 꺼내더니 스스로의 팔뚝을 그었다. 생각보다 상처가 깊은지 피가 흥건하게 쏟아져 내렸다.

백호운은 아무렇지도 않은 표정으로 손에 들린 약초를 씹어 먹었고 순식간에 치유되는 상처를 바라봤다.

"이거……."

그의 눈동자에 욕심이 어렸다.

"엄청나군."

거래가 꽤나 성공적으로 성사될 것 같았다.

백호운이 무혁을 쳐다봤다.

"전에 이어서 오늘도 정말 대단한 물건들만 가지고 오는군."

무혁은 대답 대신 그저 웃을 뿐이었다.

"크흠, 좋아. 이건 수량이 얼마나 되나?"

"400개 정도 됩니다."

100개 정도는 무혁 본인이 사용할 생각이었기에 나머지 전부를 언급했다. 그러자 백호운이 고개를 끄덕였다.

"400개라. 혹시 말이야."

"네."

"앞으로도 종종 이걸 만들 수 있는 건가?"

"자주는 아니지만 가능하죠."

"그렇군. 이번에도 내가 값을 불러야겠지?"

"그래 주시면 감사하겠습니다."

무혁이 생각하는 가격은 10골드 수준이다. 마나의 구슬과 같은 영약은 아닌지라 그리 비싸게 판매할 수 없음을 알고 있었다. 하지만 적어도 10골드. 그 정도는 받아야 의미가 있는 거래라 생각했다.

"앞으로도 이걸 만들게 될 경우……."

"네."

"우리에게 팔아준다면 꾸준히 개당 20골드에 구입하겠네."

"20골드요?"

"그렇다네."

생각했던 것의 두 배 가격이었다.

흐음.

과거의 기억을 되짚어 봐도 20골드면 상당한 액수다. 400 개면 무려 8천 골드. 하지만 예상했던 것의 2배 가격이 튀어 나오니 무혁은 자신의 기억이 잘못된 건 아닌지 의구심이 솟 구쳤다.

"솔직히 말씀드리겠습니다."

"말하게."

"비교 대상이 없어서 뭐라고 해야 할지 모르겠군요."

"그럴 수도 있겠군. 그럼 다른 곳에도 들러보게나. 장담하는 데 나보다 많이 준다는 이들은 결코 없을 테니까."

"그래도 되겠습니까?"

"물론이네."

"그럼 몇 곳만 더 둘러보고 오겠습니다."

"그러게."

무혁은 다른 대도시로 향해 성내로 향했다.

"멈추십시오!"

"포르마 대륙에서 온 귀족이다."

패 2개를 꺼내자 병사가 고개를 갸웃거렸다.

"이것은⋯⋯."

"아뮤르 공작님의 명패다."

"아, 아뮤르 공작님⋯⋯!"

카이온 대륙에서도 아뮤르 공작의 명성은 꽤나 높은 편이
었다.

"크흠, 어쩐 일이신지요."

"상처 치유에 탁월한 효과를 지닌 물건이 생겨 카이온 대륙
귀족에게 보여주고자 한다. 큰 관심을 보일 것 같은데……."

병사가 고민하더니 고개를 끄덕였다.

"잠시만 기다려 주십시오."

"그러지."

안으로 향한 병사가 누군가를 데리고 왔다. 카이온 대륙의
남작이었다.

"포르마 대륙에서 오셨다고?"

"네."

"크흠, 일단 들어가지요."

"감사합니다."

내부로 들어가 카르마의 피를 보여주고 또 설명하자 귀족이
눈을 반짝거렸다.

"정말 설명대로의 효과라면 참으로 대단한 것인데……."

그는 병사를 불러서까지 확인했다. 상처를 내고 카르마의
피를 사용해 본 것이다.

"놀랍구려."

간단한 대화를 나누고 곧바로 가격협상에 들어갔다.

"10골드 정도면 적당할 것 같은데, 어떻게 생각하시오?"

"10골드라……."

애초에 생각했던 가격이긴 했지만 백호운과는 차이가 컸다.

"죄송합니다."

무혁은 다른 귀족을 만나 마찬가지로 협상을 했다.

총 다섯. 그들은 전부 10골드 수준의 가격을 불렀다. 초반에 카르마의 피를 독점했던 유저 역시 10골드에 판매를 했었음이 명확해지는 순간이었다.

내 기억이 잘못된 건 아니었어. 그렇다면 백호운이 카르마의 피를 유독 간절히 원한다고 보면 되리라.

"어떤가, 12골드면 아주 많이……."

"죄송합니다."

마지막으로 만난 귀족 역시 12골드밖에 되지 않았다.

더 이상 알아봐야 무의미하고.

성내에서 나와 마우림 소도시로 돌아갔다. 백호세가로 향하니 기다렸다는 듯 무혁을 접객실로 안내했다. 얼마 뒤 나타난 백호운은 꽤나 여유로운 표정이었다.

"어떻던가?"

"대부분이 낮게 부르더군요."

"내 말이 맞았군."

"네."

"이제 판매할 생각이 있나?"

"물론이죠."

무혁은 400개 전부를 그에게 넘겼다.

총 8천 골드, 거금 8천만 원이 생긴 것이다.

"고맙군."

"또 생기면 찾아오겠습니다."

"그러게나."

백호세가를 나온 무혁은 그제야 로그아웃을 했다.

이제 좀 자야겠다.

피로가 한꺼번에 몰려왔다.

다시 40층 공략이 시작되었다.

무려 3일. 그동안 검독수리를 잡으면서 경험치를 올리는 것은 물론, 보석도 꾸준히 모았다. 이 정도면 되었다 싶어서 41층으로 향하는 거대한 문으로 향했다. 손을 뻗자 거대한 상자가 앞에 나타났다.

"내가 먼저 할게."

"오, 웬일이냐."

"느낌이 좋아서."

"오오!"

무혁이 나서서 투입구에 코인을 넣었다.

루비 3개, 다이아 4개.

"많이도 넣는다. 많이 넣는다고 잘 나오는 것도 아니더만."

"그래도."

무혁은 웃으며 레버를 내렸다.

끼리릭.

쓸데없는 잡템이 떨어졌지만 덤덤하게 인벤토리에 넣은 후 다시금 코인을 넣었다. 루비 2개, 다이아 4개, 토파즈 1개. 이것이 바로 열쇠 확률을 높여주는 보석의 비율이었다.

"토파즈까지?"

"어."

"아깝다. 그거 몇 개 없잖아."

"괜찮아."

다시 한번 레버를 내렸다.

끼, 끼리릭.

둥그런 무언가가 툭 하고 굴러 내려왔다.

"어……?"

생각하지도 못했던 아이템. 두개골이었다. 특성은 지식과 지혜.

"두개골이네?"

"어."

"뭐야. 하긴 두개골도 잡템인가?"

"글쎄?"

아무튼 무혁에겐 중박 이상이었다.

그때 예린이 다가왔다.

"오빠, 일단 진화부터 시켜보자. 응?"

"응? 왜?"

"진화하는 거 멋있잖아. 볼 때마다 엄청 신기했어."

"그럴까, 그럼?"

무혁은 일반 메이지 한 마리에게 다가가 두개골을 뽑았다. 손에 들린 새롭게 얻은 두개골을 맞춰 넣으니 곧바로 진화 과정을 거치기 시작했다. 전신의 뼈가 보다 굵어지면서 형태를 갖춰 나갔다.

꽈드득.

당연히 몸집도 훨씬 커졌다.

[강화 메이지로의 변화를 마칩니다.]

…….

강화 메이지에서 곧바로 아머메이지로 다시금 진화했다. 상승한 능력치를 보기만 해도 흡족해졌다.

"멋있다……!"

"볼 때마다 끝내주는구만."

"우와……."

예린과 성민우야 몇 번 봤다지만 김지연은 처음 보는 현상에 눈을 크게 떴다. 마치 좋아하는 장난감을 선물 받은 아이의 모습 같았다.

"어, 엄청나요."

"그래요?"

"네에……!"

"다음에 또 구경할 수 있을 거예요."

김지연이 격하게 고개를 끄덕거렸다.

"아무튼 이제 진화는 됐고……."

다시 뽑기를 이어가야 할 때였다.

루비 2개, 다이아 4개, 토파즈 1개.

또다시 열쇠가 잘 나오는 비율을 넣는 무혁.

"아, 토파즈를 또……!"

무혁은 성민우의 말을 무시한 채 레버를 내렸고.

끼이이익.

원하는 물건이 나타났다.

"허업……."

"대박!"

찬란한 금색을 뿜어내는 열쇠가 무혁의 손에 떨어진 것이다.

"가야지?"

망설일 이유가 없었다.

[죽음의 탑 41층에 입장하셨습니다.]

[클리어 : 0팀]

잠시 몸이 굳어질 수밖에 없었다.

-음? 뭐죠? 열쇠가 왜케 쉽게 나옴……?

-그러게요?

-뭐, 이런 경우도 있죠. 결국 운빨이니ㅋㅋ

-아, 근데 10팀이었죠?

-10팀?

-41층 클리어 팀이요. 10팀 아니었음?

-ㅎㅎ, 전 0팀으로 봤는데……

-저도…….

-40층에서 9팀이었잖아요? 근데 41층에서 10팀일 리가 없죠.

-아, 그랬어요? 40층에서 9팀이었음?

-ㅇㅇ 네.

-그, 그러면 0팀……?

-그렇죠.

-리얼?ㅋㅋㅋㅋㅋㅋ

-그럼 지금 무혁 님이 1위?ㅋㅋㅋㅋㅋㅋ

-아니, 이미 공동 1위죠.

-아, 맞네요. 대박 ㄷㄷ

-이게 바로 포르마 대륙 유저 클라스……!

-ㄴㄴ, 대한민국 클라스임.

-인정.ㅋㅋㅋ 우리나라 게이머들 진짜 대단하죠.

-크, 이거 또 핫이슈되겠네요.

방청자의 예상대로 해당 사안은 핫이슈가 되었다.
조금은 다른 방향으로 말이다.

북미 일루전 홈페이지에 글이 하나 올라왔다.

[제목 : 죽음의 탑 공동 1위.]

[내용 : 안녕. 나 기억하지? 일단 죽음의 탑에 대해서 말을 해보자고. 현재 내가 알고 있는 죽음의 탑 공동 1위는 총 10개의 팀이야. 꾸준히 관심을 갖고 체크를 해왔었지. 9팀 이후로 41층에 오르는 팀이 없어서 한동안 글을 작성하지 않았었는데 말이야. 오늘 드디어 10번째 팀이 나타났다지 뭐야? 궁금하지? 물론 그들을 설명하기 전에 나머지 아홉 팀에 대해서 먼저 말을 해보자고. 예전 게시물에도 달았지만, 그래도 궁금한 유저들이 있을 테니 간략하게 설명을 해줄게. 먼저 최초로 40층에 오른 팀은…….]

대부분의 사람이 내용을 대충 읽었다.

이미 알고 있었으니까. 최초로 40층에 도달한 팀과 9번째에 도달한 팀까지도.

마지막 10번째가 궁금할 뿐이었다.

[내용 : ……자, 그러면 10번째 팀은 도대체 누구냐? 궁금하지? 너희들이 예상하는 팀은 결단코 아님을 먼저 알려줄게. 아, 그런데 그냥 이렇게 알려주려고 하니까 괜히 아쉬움이 남는걸? 왜냐고? 이건 정말

로 대박이거든. 그야말로 초대박! 나도 우연히 알게 된 사실이란 말이야! 오우, 갓! 아무튼 이런 정보, 어디서 쉽게 못 구한다고! 도대체 누구냐고? 슬슬 짜증이 날 테니……. 좋아, 알려줄게. 그들은 바로 포르마 대륙에서 온 유저들이야! 놀랍지 않아? 대륙 간 길이 열린 지 이제 겨우 4개월. 아, 조금 더 넘었나? 아무튼 겨우 그 정도 시간이 흘렀을 뿐인데! 그런데 죽음의 탑 41층에 올랐다고! 도대체 누구이기에, 어떤 인간이기에 그렇게 빠른 속도로 올라갈 수 있었을까? 확실한 건 행운이 하늘까지 닿은 유저라는 사실인데……. 아, 그 유저의 닉네임이 뭐냐고? 무혁. 그래, 무혁이야. 너희들이 랭킹을 확인할 때마다 최상위에 있는 유저 중에 한 명. 그 무혁이라고!]

　게시물을 읽은 자들의 눈이 커졌다.
　북미의 유저들, 그들은 하나같이 불신 어린 표정이었다.

　└말도 안 돼! 있을 수 없는 일이라고!
　└허, 포르마 대륙 유저? 무혁? 최상위 랭커? 아무리 그래도 이건 믿을 수 없어!
　└나도 못 믿겠는데? 이게 가능한 일이야?
　└근데 무혁이란 유저가 누군데? 어느 나라 사람이야?
　└알아보니까 대한민국이더라고.
　└아, 대한민국……!
　└왜 놀라?
　└몰라? 옛날부터 거기 사람들 게임 잘하기로 소문났잖아.

└그런가? 근데 죽음의 탑은 좀 다르지 않아? 거긴 뽑기로 열쇠를 얻어야 하는 건데…….

└대한민국 게이머들은 운도 지극히 좋다고!

└그래……?

└하지만 그래도 난 못 믿겠어!

└좀 더 확실한 증거를 달라고!

└맞아, 이제 겨우 4개월 남짓인데. 정말 말이 안 된다고.

└오, 그럼 이쪽 링크로 가 봐. 거기서 하는 일루전TV라는 건데. 해당 유저가 방송을 직접 하고 있더라고.

└내용 요약 부탁해.

└와우, 대박이군. 정말이었어……!

└본 거야?

└방금 막 보고 왔지.

└허, 이런……!

└진짜였다고……?

└맞아, 진짜라고, 진짜야! 대박이라고, 이건……!

└허어, 포르마 유저가 41층에 도달했다니.

댓글이 무서운 속도로 달렸다. 조회수 역시 마찬가지. 덕분에 순식간에 베스트 순위에 올랐고 무혁에 관한 이야기가 북미 홈페이지를 지배하기 시작했다. 그것은 더욱 넓게 퍼져 결국 남미 홈페이지에까지 영향을 미쳤다. 북미 홈페이지가 무혁에 관한 이야기로 뜨거울 때. 남미 홈페이지는 이제야 달아오를 준비를 막 시작한 상태였다.

[제목 : 여긴 조용하네요. 북미는 시끄럽던데…….]

[내용 : 죽음의 탑 아시죠? 거기 41층에 올라온 10번째 팀이 대한민국 유저라고 하더라고요. 그거 때문에 지금 북미 홈페이지 완전 떠들썩하던데…… ㅎㅎ]

단순한 내용이었지만 파급력은 컸다.

└엥? 41층에 올랐는데 그 팀이 대한민국 유저라고?

└오, 신이시여. 믿을 수 없어! 만약 이게 정말로 사실이라면 이제 전 세계의 모든 사람이 다 알게 될 거라고!

└뭐를 알게 된다는 거야?

└우리 카이온 대륙의 수준이 지극히 낮다는 사실을!

└그, 그런가……?

└그렇다고! 그러니 이건 있을 수 없는 일이야!

└여기 링크로 가 봐. 사실이야.

└보고 싶지 않아. 보고 싶지 않다고!

└현실을 부정하지 말라구, 친구.

└오, 나의 신이시여!

└재밌는 녀석이군.

└후, 아무튼 정말 대단한 녀석들인데? 포르마 대륙 유저가 벌써 41층이라니……?

└그쪽 나라엔 이런 말이 있다더라고.

└무슨 말?

└될 놈 될, 안 될 안.

└무슨 소리야, 그게?

└될 놈은 되고. 안 될 녀석은 죽어라 해도 안 된다. 이런 뜻이라는데?

└오……! 정말 딱 들어맞는군.

그들이 댓글 놀이를 하는 사이. 남미의 홈페이지에도 무혁에 관한 이야기가 조금씩 늘어나기 시작했다. 마치 가속도가 붙는 것처럼 상황이 흘러갔고.

└허, 이젠 그 유저들에 대한 이야기밖에 없잖아……!

└이건 심하지 않아?

└맞아. 우리들의 이야기를 하자고!

그들이 외쳤으나, 이슈는 좀처럼 사그라지지 않았다.

도대체 왜?

이유는 단순했다. 대한민국 네티즌들의 능력이었다.

제3장
클리어

시작은 미미했다.

[제목 : 북, 남미 홈페이지 가 보신분?ㅋㅋㅋ]

[내용 : 제가 여러 나라 홈페이지 돌아다니는데요. 지금 거기 엄청 재
밌음ㅋㅋㅋㅋ 오랜만에 죽음의 탑 41층에 오른 팀이 있다는 식으로 이
야기가 시작되었는데요ㅋㅋ 알고 보니 그게 무혁 님이더라고요. 아시
죠? 최상위 랭커에 조폭 네크로맨서 무혁 님이요. 그래서 저도 궁금해
서 보니까 반응이 정말 참신하더군요ㅋㅋㅋ 링크 하나 걸어드립니다. 여
기는 번역까지 되어 있는 곳이거든요. 한번 직접 보세요ㅋㅋ]

생각보다 많은 이가 링크를 눌렀다.

호오, 북미랑 남미? 게다가 무혁이라면 우리나라 사람이잖
아? 반응이 궁금한데?

그런 단순한 마음에서의 출발이었다. 그런데 꽤나 반응이
재밌었다.

[제목 : ㅋㅋㅋㅋ아, 방금 남미 북미 사이트 반응 보고 왔음ㅋㅋㅋ]
[내용 : 오랜만에 제대로 뽑고 왔네요ㅋㅋ 말투는 왜 저 모양임?ㅋㅋ
아니, 그리고 엄청 놀라는 모양새를 보니까 괜히 내가 다 뿌듯하기도 하
더라고요. 신기함ㅋㅋㅋ]

    └남, 북미 사이트요?
      └ㅇㅇ, 네.
        └재밌어요?ㅋㅋ
    └네, 꿀잼.ㅋㅋ
      └흠, 저도 구경이나 좀 하고 와야겠네요.
    └호오, 북미 쪽 반응이라……?
    └궁금하긴 하네요
    └이상하게 이런 거 보게 되던데ㅋㅋㅋ
    └저도 그럼ㅎㅎ

[제목 : ㅋㅋㅋ, 무혁 님 진짜 대단하네요]
[내용 : 크, 진짜 이게 최상위 랭커의 힘이겠죠? 이젠 포르마 대륙이
아니라 카이온 대륙에서도 명성을 떨치시는 듯? 나도…….]

뒤이어 흥미를 이끄는 글들이 올라왔고, 덕분에 보다 더 많

은 이가 북미와 남미 일루전 홈페이지를 살피거나 혹은 번역이 된 반응을 살피며 시간을 보냈다.

[제목 : 저는 남미, 북미 쪽에 게시물 좀 올리고 오겠습니다.]
[내용 : 무혁 님 까는 글들이 꽤 보여서, 반박해 주러 갑니다! 같이 가실 분?]

    └동참합니다.
    └저도
    └무혁 님을 까다니……!
    └카이온 대륙의 허접함을 밝혀줘야겠네요
    └포르마 대륙이 최고다!
    └아님, 우리나라가 최고임.
    └인정ㅋㅋㅋ

그들이 남미와 북미 홈페이지에 글을 올렸다. 번역기의 도움을 받아서.

덕분에 남미, 북미 홈페이지가 무혁의 이야기로 더욱 떠들썩했던 것이다. 그런 글에 달린 댓글들은 해외반응이라면서 번역이 되어 대한민국의 각종 사이트에 올라갔고 일루전 유저와 네티즌들은 그게 또 재밌다며 조회수를 높이기 시작했다. 그 탓일까. 무혁에 대한 관심이 뻗어 나가면서 자연스럽게 일루전TV를 방청하는 자들이 늘어났다.

-크, 41층 빡세다!

-조금만 더 힘내자고요. 42층만 가면……!

-단독 1위!

그들은 무혁의 방송을 보면서 쿠폰을 던졌고 누군가는 북, 남미 일루전 홈페이지를 돌아다니면서 자랑을 했다. 그쪽 사람들은 당연히 놀라워하며 반응했고 그 반응이 또 재밌다면서 퍼오고는 했다. 선순환의 무한 반복이었다.

41층 몬스터는 163레벨 몬스터, 레드 좀비였다.

"안 긁히게 조심하고!"

"오케이!"

놈의 손톱에 긁히면 특유의 독이 퍼지는데 이건 방어력을 무시한 채 HP를 앗아간다. 1초마다 300을 뺏어가기에 필히 경계해야 할 부분이었다.

"읍……!"

그때 성민우가 손톱에 긁혀 버렸다.

"어유, 병신아. 뒤로 빠져!"

"아, 젠장!"

유지시간 30초. 총 9,000의 HP가 사라지기에 잠깐 물러나는 게 안전했다.

"지연 님."

"아, 네."

김지연이 치유 스킬을 사용했다. 줄어든 HP가 차오른다.

기다리기만 하는 것도 지겨웠기에 이것저것을 물어봤다.

"참, 큐어 스킬로는 안 된다고 했죠?"

"네. 아, 아까 써봤는데 해독이 안 되더라고요."

"후, 독하네요, 독해."

"죄, 죄송해요."

"네?"

"해독도 못 하고……."

성민우가 눈을 크게 뜨며 손사래를 쳤다.

"아니요! 괜찮습니다!"

"아, 네, 네에."

"그것 때문에 독하다고 한 게 아니라……."

"아, 알아요."

"아아, 네……."

두 사람이 기묘한 대화를 나누는 사이 무혁은 소환수와 함께 레드 좀비 다섯 마리를 압박하고 있었다. 되도록 접근하지 않은 채 화살만 날려댔다.

본래라면 무혁이 포함되지 않을 경우 사냥 속도가 떨어져야 정상이지만 포이즌 오우거, 설인, 오크 대전사를 새롭게 이끌 수 있게 되면서 그런 부분이 말끔하게 해결되었다.

크, 크르륵.

그럼에도 불구하고 레드 좀비는 좀처럼 쓰러지지 않았다. 방어력, HP가 모두 높았다. 공격력도 결코 무시할 수 없었고. 무엇보다도 HP 회복률이 놀라웠다.

"후, 내가 다시 왔다."

"그래, 왔냐."

"이번엔 절대 안 긁힐 거라고!"

"제발 좀."

성민우가 다시 정령과 함께 한 마리를 공격했다. 상처를 입혔지만 순식간에 아물어버렸다. 몇 번을 반복해도 마찬가지였다.

"아니, 시바. 왜 이렇게 회복률이 높아!"

"좀 더 한 방에 터뜨려 봐."

"그래도 안 된다고! 아, 놔! 트롤보다 더 심한 건 반칙 아니냐!"

그 순간 메이지의 마법 준비가 끝났다.

"마법 간다, 빠져."

"오케이!"

성민우가 물러나는 순간 마법이 쏟아졌다.

콰과과과광!

죽지 않던 레드 좀비 두 마리가 즉사했다.

"……."

성민우가 너클을 만지며 고개를 저었다.

"나보다 소환수가 더 세다니. 자존심이 상한다……!"

"나보다도 세니까 걱정 마."

"그래, 그건 인정."

"하지만 결국 소환수 역시 내 일부라는 거."

"그래, 그것도…… 인정."

인정하지 않을 수가 없었다. 성민우도 정령을 부렸으니까.

"남은 놈부터 처리하고 놀아, 오빠들!"

그 순간 뒤에서 들려오는 예린의 목소리에 성민우와 무혁 둘 다 헛기침을 하며 다시 전투에 집중하기 시작했다.

-크, 전투 좋고요!

-쿠폰 투척!

-와, 저 좀비들 근데 진짜 더럽게도 세네요?

-대화하는 거 들어보니 레벨이 163이라고 하는 거 같던데요?

-그래요?

-네ㅋㅋ

-누가 말한 거예요?

-무혁 님요.

-허, 무혁 님은 어떻게 그런 걸 아시는 건지…….

-그러고 보면 진짜 도서관임.

-도서관?ㅋㅋ

-네, 정보 겁나 많이 알고 있음ㅋㅋㅋ

그사이 좀비를 모두 처리하고 휴식을 취하는 그들이었다.

-캬, 휴식하면서 또 강화하는 거 보소.

-강화하면 돈이 되니까ㅋㅋㅋ

-무혁 님 겁나 부자겠다ㅠㅠ 핵 부럽ㅠㅠ

-강화 무기만 팔아도 얼마죠, 그게……

-연봉 십억?

-더 될 듯……ㅋㅋㅋ

-크, 강화 끝내고 요리도 하시네.

그렇게 공복도까지 채우고서야 몸을 일으켰다.

되살아난 다섯 마리의 붉은 좀비.

함께 나아가다 걸음을 멈추고.

-리바이브, 좋고!

-12마리?

-ㅇㅇ……. 많은데요, 좀?

-걱정ㄴㄴ

그들보다 소환수의 숫자가 훨씬 많았으니까.

"스켈레톤 소환."

"정령 소환."

"다람쥐 소환!"

먼저 메이지의 마법과 아처의 파워샷이 공간을 가른다.

콰과과광!

먼지가 휘날릴 때 기마병이 돌진했다.

바닥을 짓밟는 압도적인 힘. 랜서의 끝에서 뿜어지는 파괴력. 돌진에서 오는 존재감.

그것들이 아우러져 레드 좀비를 뒤덮었다.

-죽인다……!

-전 기마병 돌진이 젤 멋있더라구요.

-저도요ㅋㅋ 뭐랄까, 진짜 풀 플레이트 걸친 기사들이 돌진하는 모습이 연상된다고 해야 되나. 아무튼, 엄청 웅장한 멋이 있죠ㅋㅋ

-제일 현실적이면서도 파괴적임!

아머기마병이 휩쓸고 간 자리엔 무엇도 남지 않았다. 마법과 뼈 화살에 짓눌려 있던 레드 좀비 전원이 랜서와 창에 꿰뚫린 채 바닥에 너부러진 까닭이었다. 하지만 녀석들은 이내 꿈틀거리며 몸을 일으켰고 그사이 자리를 잡은 소환수에게 집중적인 공격을 받았다.

크, 그르르륵!

일반 기마병과 일반 검뼈는 지금까지와 마찬가지로 녹아버렸다.

-캬, 마침 나오는 부르탄 기파!

-크, 저기는 설인이 스킬 쓰네요ㅋㅋ

-포이즌 오우거가 지림…….

-님들은 누가 젤 좋아요?ㅋㅋㅋ

-전 부르탄이요!

-저도 부르탄 한 표.

-왜요?

-가끔 춤추는 게 너무 웃겨요ㅋㅋㅋ

-아, 그거ㅋㅋㅋㅋㅋ

-전 포이즌 오우거가 제일 멋있네요. 생김새도 그렇고 전투력도 그렇고.

-세긴 엄청나게 세죠.

-크, 안 그래도 우세한데 리바이브로 5마리까지 되살린 상태라 이건 질 수가 없네요.

-ㅇㅇ, 시간만 조금 걸릴 뿐…….

그들의 예상대로 레드 좀비 사냥은 무리가 없었다. 그 이후로도 마찬가지였고. 다만, 뽑기에서 잡템만 쏟아지는 상황이 발생하면서 다시금 돌아가 레드 좀비를 사냥하는 광경이 이어졌다.

-ㅋㅋㅋ미친 잡템들. 진짜.ㅋㅋㅋ

-열 받겠다ㅠㅠ

-저라면 짜증 나서 문 한 번 뿌서뜨렸음ㅋㅋㅋ

-그래도 진짜 간간이 괜찮은 템이 나오긴 하잖아요ㅋㅋ

-ㅇㅇ, 맞음. 그 정도만 해도 사실 사냥보다 괜찮지 않나요?

-그렇죠. 사냥으론 아무것도 안 나오니까요.

-인정ㅋㅋ

-오, 방금 템 떴다!

-캬, 옵션 죽이는데요?

-헐, 바로 강화하시네ㅋㅋㅋㅋ

-경매장에 올라왔음……!

-미친……ㅋㅋㅋㅋ

-아, 근데 가장 중요한 열쇠가 안 나옴ㅠㅠ

-자, 다시 사냥 가자고요…….

레드 좀비 사냥. 뽑기 실패. 또다시 좀비 사냥. 뽑기 실패. 그 러한 반복이 이어지는 가운데, 10일이라는 시간이 흘렀고.

-돌파했다……!

-오오오!

-당연히 0팀으로 뜨겠죠ㅋㅋㅋ

드디어 열쇠를 획득해 42층에 오를 수 있었다.

[죽음의 탑 42층에 입장하셨습니다.]
[클리어 : 0팀]

하지만 궁금한 건 그게 아니었다.

-독보적인 1위 맞죠, 이거?

-아마도요?

-근데 제대로 확인이 안 되니……ㄷㄷ

-제가 알기로 단독 1위가 맞습니다. 북미, 남미 사이트 훑어봤는데 아직 41층 클리어한 팀이 하나도 없습니다. 그러니까 무혁 님 파티가 유일하다는 거죠.

-확신을 위해 북, 남미에 퍼트리고 옵니다!

-오, 구경 잼ㅋㅋ

무혁의 42층 도달 소식이 북미와 남미 일루전 홈페이지에 올라갔다.

[제목 : 42층에 도달한 단 하나의 팀!]

[내용 : 포르마 대륙, 아니, 정확하게는 대한민국의 무혁 님, 강철주먹 님, 예린 님, 김지연 님. 이렇게 네 사람입니다! 대단하지 않아요? 겨우 네 명의 포르마 대륙 유저가 카이온 대륙으로 넘어가더니 순식간에 죽음의 탑을 정복하고 있다는 사실이!]

└조금 잠잠해지나 싶더니 또 무혁 팀에 대한 이야기가 올라오는군.

└대단한 건 인정해 줘야지.

└맞아, 그건 인정해. 그런데 난 솔직히 모르겠어. 정말 42층에 도달한 게 무혁이라는 유저의 팀 하나뿐일까?

└흠, 그건 확실하게 파악할 수가 없지.

└알려지진 않았어도 41층을 클리어하고 42층에 오른 우리 카이온 대륙의 자랑스러운 팀이 있을 거라고 믿어!

└글쎄요. 클리어했으면 알렸겠죠?

└알리지 않을 수도 있어!

└그건 님의 생각이고요.

└너, 말하는 걸 보니 포르마 대륙 유저군.

└아, 아닌데?

└당황하는 모습을 보니 확실해졌어.

└아니라고!

└그러면 코리아?

└위에 두 분, 싸우지 마세요. 결론은 하나거든요. 결국 무혁 님 팀이 독보적인 1위라는 거죠. 41층 클리어한 다른 팀이 있었으면 벌써 자랑하고도 남았겠죠? 혹시라도 관련 있는 사람이 있으면 지금 바로 영상이나 스샷으로 증거를 보여주시고요.

└너도 코리아 유저구나?

└아닙니다만?

└근데 코리아라면 혹시 북한? 거길 말하는 거야?

└미친 소리!

└왜 화를 내는 거야? 궁금해서 물어본 거라고.

└크흠, 남한. 정확하게는 대한민국이라고 부르는 거야. 알겠어?

└남한? 일루전 본사가 있는 곳?

└맞아.

└오오, 그쪽 나라 사람들이 대단하다고는 들었어.

└예로부터 뛰어났었지.

└특히 일루전 기업이 세워진 이후로는 우리나라 다음으로 유명해졌다고.

└우리나라라면 어디?

└미국.

└난 캐나다인이야.

└아, 미안. 아무튼 미국 다음으로 유명하잖아.

└맞아, 인정해.

└그보다 북미 유저도 찾아보자고! 분명히 41층 클리어한 팀이 있을 거라고!

└나도 찾아보겠어.

└이건 자존심이 걸린 일이야!

└좋아, 우리 힘을 모아보자고!

이 글은 그대로 번역이 되어 대한민국 일루전 홈페이지에 올라왔다.

└ㅋㅋㅋㅋ, 미치겠다ㅋㅋㅋ

└진짜 재밌네요, 반응들.

└근데 진짜 우리나라 사람도 간간이 보이는 거 같은데…….

└커버 치는 사람들 대부분이 우리나라 유저ㅋㅋㅋ

└무혁 님도 참 대단하네요…… ㄷㄷ

└42층이라…… 흐음.

└거기 도전한 포르마 대륙 랭커 유저가 꽤 많죠?

└어마어마하죠.

└최상위 길드도 도전했던데요.

└몇 층이래요?

└무혁 님이 42층으로 독보적이고. 그 아래에 블랙 길드가 34층까지 올라온 걸로 알아요.

└헐, 왜 그렇게 차이가 많이 나죠?

└될 놈 될이니까요ㅋㅋ

└아, 하긴…….

└근데요, 님들. 저기 저 유저들 맘에 안 드네요.

└누구요?

└무혁 님이 독보적 1위가 확실한데 다른 팀이 있다고 하는 사람들이요.

└아……!

└저 가서 키보드 워리어 좀 하고 오겠습니다.

└힘내세요.

└응원합니다.

얼마 지나지 않아 북미 사이트가 혼란에 빠졌다.

정말로 키보드 워리어가 등장한 것이다.

[제목 : 다들 헛소리들 마세요.]

[내용 : 아니, 왜 현실을 안 받아들이세요? 무혁 님이 무조건 독보적

1위입니다. 북미 쪽 유저가 42층에 올랐을 리가 없잖아요. 안 그래요?]

일종의 어그로였다. 그러나 알면서도 반응할 수밖에 없는 것이 사람이었다.

└오, 신이시여. 이런 무지한 인간에게 벌을 내려주시옵소서.
└그냥 무시하자구, 친구들.
└난 도저히 그냥 넘어갈 수가 없는데? 저건 우리 카이온 대륙 유저를 한 번에 싸잡아서 낮춰보는 거잖아? 미친 거 아냐?
└맞아. 짜증 나서 남한이라고 했나. 거기 사이트를 휘저어줘야겠어.
└나도 동참하겠어.
└누구 번역기 좋은 거 있는 친구?
└내가 보내줄게. 메일 보내.
└좋아, 내 메일은 gksrnrchlrh·······.
└보냈어.
└잘 받았어, 기대하라고.

기대하라는 유저가 정말로 대한민국 일루전 홈페이지에 등장했다. 번역기를 돌려서 조금은 어색한 문장이 간간이 보였지만 이해하는 건 어렵지 않았다. 솔직히 생각보다 많은 유저가 오타를 내고 대충 휘갈기는 탓에 딱히 어색하지도 않았고.

[제목 : 감히 우리를 무시해?]

[내용 : 카이온 대륙이 최고다, 이 무지한 포르마 대륙. 아니, 코리안 녀석들아!]

해당 게시물은 순식간에 핫이슈가 떠올랐다. 댓글에는 거친 말이 오가고. 어느새 싸움의 터로 변해 버렸다.

하지만 그 싸움은 생각보다 빨리 마무리되었다.

누군가의 등장 덕분이었다.

카이온 대륙 랭킹 중위권의 모세크 길드. 그곳의 장인 모세크 유저가 주먹을 강하게 그러쥐었다.

"나, 나왔어……!"

지쳐 벽에 기대고 있던 길드원들의 고개가 휙 하고 돌아갔다.

"지금 뭐라고 그랬어?"

"내가 잘못 들은 거 아니지?"

"길드장님……?"

"어이, 길드장! 제대로 말해보라고!"

베스트가 천천히 고개를 돌렸다.

격한 감동이 그대로 드러난 표정.

그뿐만이 아니었다. 그의 대답을 기다리는 길드원 역시 흥분한 기색이 역력했다.

"나왔다고, 열쇠가!"

그의 손에 들린 금빛의 열쇠 하나. 그것이 모두의 시선을 사로잡았다.

"으, 드, 드디어……!"

"하아. 젠장……!"

정말 지겹고도 지겨웠던 40층에서의 사투를 드디어 끝낼 수 있게 된 것이다.

"이제 41층 가는 거야?"

"그래!"

"빌어먹을, 좋기는 한데 남은 층수를 생각하면 또 미쳐 버리겠고."

그 말에 모두의 표정이 굳었다. 남은 층수는 아홉. 아홉 층을 클리어해야만 죽음의 탑을 정복하는 것이다.

"그래도 선두에 있는데 포기할 순 없지."

"당연하잖아!"

"여기까지 와서 포기하다니, 차라리 죽으라고 해라."

"힘든 것만 빼면 사실 여기만 한 사냥터도 없고. 아이템도 간간이 나오고."

"맞아. 기운들 내자고."

모두들 몸을 일으켰다.

"그래, 일단 41층부터 올라가 볼까? 이제 여긴 있기만 해도 구역질이 나온다고."

"좋아."

기대감이 서린 표정으로 문을 열었다.

끼리릭.

나타난 계단을 하나씩 밟으며 41층으로 향했다.

"아, 잠깐만."

"왜?"

"기념으로 영상이나 좀 찍으려고."

"좋지."

길드장 베스트가 허공에 손짓했다.

"됐어, 가자고."

다시금 걸음을 뻗어 41층에 올라섰다.

[죽음의 탑 41층에 입장하셨습니다.]

[클리어 : 1팀]

클리어 1팀이라는 숫자가 가장 먼저 보였다.

"오우, 마이 지저스……!"

"이런 미친……!

설마 41층을 클리어한 팀이 생겼을 줄이야.

베스트가 멍하니 입을 열었다.

"아무도…… 몰랐냐?"

"알 리가 없잖아."

"하아, 그래. 네 녀석들한테 뭘 바라겠냐. 근데 이 많은 길드원 중에서 한 명도 이 사실을 몰랐다고?"

"……"

"대단하다, 진짜."

"그러는 넌?"

"나야, 뭐…… 사냥하고 나가면 피곤해서 그냥 잠들기에 바빴지."

"우리도 마찬가지라고!"

"……."

길드원의 말에 뭐라 대꾸할 수가 없었다.

피곤했던 건 모두가 마찬가지였으니까.

"하, 드디어 공동 1위에 오르나 싶었더니."

"좀 아쉽긴 하지만 상관없잖아?"

"맞아. 겨우 1층 차이라고."

"금방 따라잡으면 돼. 새로운 몬스터 새로운 환경이잖아? 그러니 새로운 마음가짐으로 다시 힘내서 가보자고. 혹시 알아? 단번에 열쇠가 나올지?"

"단번에?"

"가능성이 없는 건 아니니까."

다시금 전의를 불태웠다.

그렇게 하루 종일 사냥해서 보석을 모았다. 그것으로 뽑기를 시도했지만 결국 열쇠는커녕 괜찮은 아이템 하나 나오지 않았다. 오직 잡템, 잡템, 또 잡템뿐이었다.

"내일 보자……."

"잘 자라."

기운 빠진 목소리로 인사를 나누고.

하, 로그아웃.

일루전에서 나와 멍하니 침대에 눕는 베스트.

순간 스치고 가는 생각 하나.

41층 클리어라. 도대체 누구지?

피곤함을 누를 정도의 호기심이 발동되었다.

"끄윽."

몸을 겨우 일으켜 휴대폰을 쥐었다. 일루전 홈페이지에 접속해 게시판에 들어갔다.

"어……?"

검색할 필요도 없었다. 온통 그 이야기로 난리였으니까.

조금 훑어보던 그가 웃었다.

"큭, 그러고 보면 이거 나랑 길드원만 엄청난 정보를 알고 있는 거잖아?"

순간 번뜩이는 감각이 올라오고.

어, 잠깐만……!

어쩌면 이걸 이용할 수 있을지도 모른다는 생각이 들었다.

맞아, 이 정도 정보면 조회수도 꽤 나올 테고, 그러면 자연스럽게 블로그 홍보도 할 수 있는 거 아닌가? 그, 그러면 우리 길드 인지도 상승도 가능해……!

정신이 번쩍하고 든 그가 녹화했던 영상을 확인했다.

좋아, 완벽해.

해당 영상을 길드를 홍보하기 위해 제작했던 블로그에 올렸다. 직후 일루전 홈페이지에 올리기 위한 글을 작성했다.

[제목 : 죽음의 탑 40층 클리어하고 41층에 올라갔습니다.]

이 정도 제목이라면 시선을 끌 것이다.

평소라면 아니겠지만 지금은 상황이 달랐으니까.

[내용 : 안녕하십니까. 저는 모세크 길드의 장을 맡고 있는 베스트라고 합니다. 저희 모세크 길드는 총 인원이…….]

먼저 길드 홍보를 하고 다음에 본격적인 내용을 언급했다.

[내용 : ……해서 오늘 오후에 드디어 죽음의 탑 40층을 클리어했습니다. 41층에 올라와 버린 거죠! 다들 아시겠지만 클리어한 팀이 몇인지 알려주는 홀로그램이 떠올랐습니다. 아예 동영상을 찍어놓은 터라 확실하게 확인할 수 있을 겁니다. 동영상이 올라간 주소는…….]

당연히 해당 주소는 길드 홍보 블로그였다.

자연스러운 홍보랄까.

"제발 인지도라도 좀 올라라……!"

그렇게 희망하며 분위기를 살피려는데 눈꺼풀이 너무 무거워졌다.

'어, 잠이…….'

결국 쏟아지는 수마를 이겨내지 못했다. 깊은 꿈에 빠져 허우적거리는 사이, 그의 블로그 유입자 수가 폭발적으로 증가하기 시작했다. 동영상이 업로드된 게시물에는 댓글이 쉴 새 없이 달렸다. 그 탓에 연신 진동이 울려댔지만 그의 잠을 깨울 순 없었다.

해가 뜨고서야 겨우 눈을 뜬 베스트.

"으음……."

잠결에 휴대폰을 확인했고.

"어……?"

쌓여 있는 수만 개의 댓글에 고개를 흔들었다.

뭐야, 꿈인가?

휴대폰을 내려놓고 세수를 했다. 정신을 차리고 다시 블로그를 확인했는데 역시나 댓글이 어마어마하게 쌓여 있었다. 게다가 휴대폰을 손에 들고 있는 지금도 끝없이 진동이 울려댔다.

드드. 드드드.

그때마다 화면 상단에 작은 글귀가 떠오른다.

[블로그에 댓글이 달렸습니다.]
[블로그에 댓글이…….]

정신을 차리고 급히 댓글을 확인했다.

　┗와, 이걸로 판명이 나버렸네요
　┗하아, 이럴 수가……ㅠㅠ

└결국 카이온 대륙 팀은 하나도 없다는 건가?

└후우.

└ㅋㅋㅋ이럴 줄 알았지. 역시 무혁 님!

대부분이 무혁에 대한 이야기였지만 간간이 길드에 관한 물음도 보였다.

└랭커 길드도 아닌데 대단하네요ㅎㅎ

└쪽지 보냈습니다!

일부는 길드 가입에도 관심을 보였다.

이, 이 사람은 랭커잖아!

그제야 깨달았다.

"아……!"

대박이 터져 버렸다는 사실을.

가, 감사합니다!

속으로 연신 인사를 전했다. 길드를 이처럼 완벽하게 홍보할 기회를 준 무혁이라는 유저에게.

같은 시각.

격하게 움직이던 무혁이 급히 뒤로 물러섰다.

아, 뭐지⋯⋯?

투구를 벗고 손가락으로 귀를 팠다.

"오빠, 왜 그래?"

"어? 아니, 갑자기 귀가 너무 간지러워서."

"누가 오빠 얘기라도 하나 봐."

"그런가."

다행히 금세 가려움이 사라졌다.

"후, 이제 괜찮네."

"다행이다. 이왕 뒤로 온 거 좀 쉬어."

"응? 그럴까⋯⋯?"

앞에선 성민우 홀로 숨을 헐떡이며 움직이고 있었다.

"잘 싸우는데?"

"그치? 난 뒤에 있어서 항상 봐."

"오호, 그랬구나."

무혁은 연신 성민우의 움직임에 감탄했다.

"오오, 좋은데. 아이고, 거기선 물러나야지."

그때 성민우가 고개를 돌렸다.

"⋯⋯."

상황을 뒤늦게 이해한 그가 고함을 질렀다.

"뭐 하는 거야, 인마!"

"아, 미안."

"으, 난 힘들어 죽겠구만!"

"나도 모르게 그만."

웃으며 앞으로 나아가는 무혁이었다.

모세크 길드장, 베스트 유저로 인해서 그가 독보적인 1위임이 밝혀지면서 다툼은 가라앉았다.

하지만 관심은 여전히 꺼지지 않은 상태였다. 일루전TV의 방청자 댓글만 봐도 그런 분위기를 느낄 수 있었지만 그럼에도 무혁은 조금도 흔들리지 않았다. 그저 본인의 사냥을 이어 나갈 뿐이었다.

42층에서 요리를 마스터했고 43층에서는 초여름을 맞이했다. 46층에 올랐을 땐 친구와 그리고 연인과 또 가족과 바다에서 그 뜨거움을 즐겼다. 여름의 막바지를 맞이했을 땐 47층에 위치한 상태였으며 추석을 손꼽게 된 건 49층에서였다.

그리고 오늘.

"마무리 짓자고!"

"오케이!"

스킬이 몬스터에게 쏟아지고.

콰과과광!

놈이 쓰러짐과 동시에.

[경험치를 획득합니다.]

[레벨이 상승합니다.]

레벨 200을 달성할 수 있었다. 급할 건 없었다. 메인 에피소드2의 이름이 '각 대륙의 숨겨진 힘'이라고는 하지만 그 힘을 얻기 위해서는 자격이 되는 강함이 필요했다.

레벨 200이 무혁이 생각하는 최소한의 기준점이었다. 물론 죽음의 탑에서 레벨 200을 찍게 되리라곤 생각도 못 했지만 말이다.

"와, 대박. 지금 레벨 오른 거냐?"

"어."

"미친. 드디어 200이구만."

무혁이 고개를 끄덕였다.

"크, 대단하다. 설마 죽음의 탑에서 여기까지 올릴 거라고 누가 생각이나 했겠냐?"

"그러게. 생각보다 오래 걸리긴 하네."

"후, 그래도 49층까지 왔으니까 끝까지 가보자고."

대화를 나누는 사이, 무언가를 발견했는지 예린의 눈이 커졌다.

"오, 오빠."

"응?"

"지금 랭킹 확인해 봤는데……."

"근데?"

"오빠 지금 3위야."

"어, 진짜?"

무혁도 랭킹창을 열었다.

1위. 다크(어둠기사 202Lv)
2위. 커쇼(마법사 200Lv)
3위. 무혁(조폭 네크로맨서 200Lv)
…….

정말로 랭킹이 3위까지 오른 상태였다.

속도가 빠르긴 하네.

1위는 여전히 다크가 차지하고 있었다.

직업, 어둠기사.

이번 메인 에피소드에서 가장 많이 성장하는 유저이기도 했다. 대륙에 숨겨진 대부분의 힘을 다크가 휘어잡기 때문이다.

그 이후로는 어떻게 되는지 무혁도 알지 못한다. 메인 에피소드2의 후반까지가 무혁이 기억하는 정보의 마지막이었으니까. 그렇기에 이후로는 아무것도 모른 채 게임에 임해야 할 것이다.

그게 더 재미는 있을지도.

정보를 모른다는 사실에 불안감은 없었다. 충분히 앞서왔으니까. 이 정도면 뒤처질 일은 없다고 봐도 과언이 아니었다. 게다가 지금 당장 끝이 난 것도 아니었다. 아직 알고 있는 정보들이 꽤 있지 않은가. 메인 에피소드2가 끝나기 전에 알고 있는 정보를 충분히 사용할 생각이었다.

숨겨진 힘. 그 역시 무혁이 대부분을 취할 작정이었고.

다크, 그에겐 미안한 일이지만, 솔직히 그런 부분까지 신경 쓸 이유는 없었다.

"너도 대단한데 저 다크라는 유저는 진짜 할 말이 없다."

"202랩이네."

"어떻게 저렇게 빠르게 레벨을 올리지?"

"직업이 좋기도 할 테고, 또 게임도 재능이 있어야 하잖아. 재능이겠지?"

"그럼 너도 천재냐?"

"난 그냥 운이 좋은 거고."

"와, 그게 더 재수 없는데?"

"그래?"

"어, 너 좀 재수 없어졌다."

"크큭."

성민우의 장난에 무혁이 크게 웃었다.

그때 예린이 성민우와 무혁의 사이에 자리를 잡았다.

"우리 오빠 안 재수 없거든?"

예린은 성민우의 반응도 보지 않고 곧바로 무혁을 쳐다봤다. 초롱초롱한 시선으로 올려다보니 절로 시선이 빼앗길 수밖에 없었다.

"오빠, 근데 저 유저랑 대회에서 싸웠었지?"

"그랬지."

"그때 이기지 않았어?"

"맞아. 이겼었어."

"헤에, 그럼 오빠가 더 센 거네?"

"글쎄? 운이 좋았지, 그때는."

준결승전에서 다크의 주력 무기가 부서지는 바람에 겨우 우승할 수 있었으니까. 덕분에 원하는 아이템을 얻어 지금도 스켈레톤을 마계에 보내는 것이고.

"지금은 어떻게 될지 몰라."

"왜?"

"직업도 다른 걸로 바뀌었잖아. 스킬도 아예 모르는 상태고."

"아, 그렇구나."

물론 거짓말이었다. 실은 어둠기사의 스킬을 얼추 알고 있었다.

까다로웠지, 상당히.

정확한 건 아니지만 스킬의 효용성이 상당히 좋았던 것으로 기억하고 있었다. 그 탓에 지금 다시 그와 1:1로 붙는다면 이길 수 있다고 장담할 수 없었다.

"게다가 다크만 있는 것도 아니고."

"응? 무슨 소리야?"

"숨은 실력자도 꽤 많을 거야. 그 유저들이랑 붙으면 어떻게 될지 몰라."

"진짜?"

"그럼."

다크를 제외하고서도 숨은 실력자는 무수하게 많다. 그들은 직업을 떠나서 정말로 강한 자들이다. 그들과 직접 붙는다면 무혁 본인도 상당히 애를 먹을 것이 분명했다. 어쩌면 패배할지도 몰랐고 말이다.

물론 자신은 있지만…… 직접 붙어보지 않는 이상 단정 지을 순 없었으니까.

머지않아 나타날 것이다. 정말 괴물 같은 놈들이. 지금은 묵묵히 레벨을 올리고 험난한 단련을 반복하고 있을 게 분명했다.

뭐, 그건 그거고.

지금은 죽음의 탑에 집중해야 할 때였다.

잡념을 지우고 동료들을 쳐다봤다.

"다른 사람 이야기는 됐고. 이제 뽑기나 하러 가볼까."

"오케이!"

"좋아!"

"네, 네에!"

걸음을 옮겨 저 멀리 위치한 문으로 향했다.

터억.

건드리자 거대한 상자가 나타났다.

"누구부터?"

"음, 나부터!"

예린이 앞으로 나서 보석을 투입구에 넣고 레버를 내렸다.

끼리릭.

잡템이 나왔지만 신경 쓰지 않고 다시 시도했다.

잡템, 다시 잡템. 상당히 많은 보석을 전부 소모했으나 모두 잡템만 나왔다.

"아아……!"

예린의 표정이 일그러졌다. 짜증이 났던 것이다.

차마 무혁이 보는 곳에서 이런 모습을 보여줄 순 없었기에 애써 억눌렀다. 그 순간 뒤쪽에 있던 성민우가 다가오더니 어깨를 툭 하고 밀었다.

"비켜. 운도 참 없다."

"……"

"자, 대박의 운을 거머쥐고 레버를 돌려볼까나!"

그러면서 예린의 머리를 한 번 살짝 두드렸다.

"불운이여, 물러가라!"

촐랑거리는 모습에 예린이 결국 참지 못하고 주먹을 휘두르고야 말았다. 성민우는 갑작스레 날아온 주먹이 복부를 때리자 고통스럽지 않음에도 불구하고 화들짝 놀라며 상체를 숙였다.

"어어……?"

"자꾸 까불지 마."

"어……?"

"까불면 죽어."

"그, 그래."

성민우는 멍한 표정으로 고개를 끄덕였고, 그제야 예린이 후련한 표정을 지으며 자리로 돌아갔다. 무혁이 얼떨떨한 눈빛으로 그녀를 쳐다봤지만 예린은 아무렇지도 않은 듯 싱긋

웃더니 그의 팔짱을 꼈다.

"민우 오빠도 다 꽝일 거야. 다음에 오빠가 열쇠 뽑아줘, 알았지?"

아무 일도 없었다는 듯, 자연스럽게 이어가는 대화.

뭐, 뭐지.

어쩐지 속았다는 기분이 들었지만 지금은 그걸 겉으로 표현해선 안 될 것 같았다.

꿀꺽.

괜스레 침을 삼키며 그녀를 바라봤다.

여자란 정말 무섭구나.

그사이 성민우의 보석이 바닥이 났다.

"하아, 다 꽝이야."

"그래? 다 썼냐?"

"어."

"그럼 내 차례네."

무혁이 나섰다.

비율대로. 열쇠가 잘 나오는 비율을 사용했지만 끝내 잡템만 등장했다.

이런…….

아쉬움에 한숨이 새어 나오려는 순간 김지연이 나섰다.

"이, 이제 제가 해볼게요."

"아, 네."

무혁이 비켜줬고 그녀가 보석을 넣었다.

끼리릭.

레버를 내리자 금빛의 열쇠가 등장했다.

그것도 단 한 번 만에.

"나, 나왔어. 대박……!"

"우와……."

49층에서의 14일이 그렇게 막을 내렸다.

죽음의 탑, 마지막 50층 그곳에 오른 무혁과 일행을 보며 방청자들이 손을 격하게 움직였다.

탁, 타다닥.

타자 소리가 공간을 때리고.

-후, 진짜 어마어마하게 오래 걸렸네요.

-몇 개월이나 걸렸죠?

-10개월 정도 걸린 것 같은데요?

-무섭네요ㅋㅋㅋ

-어후…….

-레벨도 200이고, 죽음의 탑 50층만 클리어하고 나면 다른 곳으로도 여행 가겠죠? 전투하는 게 재밌어서 계속 시청하곤 있는데 이제 좀 질리긴 함ㅋㅋ

-심히 동감합니다……ㅋㅋㅋ

다들 생각이 비슷했다.

-50층 빨리 끝냅시다……!

-하, 근데 또 2주 이상 걸릴지도 모르는데ㅋㅋㅋ

-ㅠㅠ 이번엔 제발 짧기를.

-하루 만에 열쇠 나와서 50층 끝내 버렸으면 좋겠네요.

-제발요ㅋㅋ

-근데 보상은 뭘까요?

-엄청 좋지 않을까요?

-진짜 좋은 거 안 주면 욕 튀어나올 듯.

떠드는 사이 무혁과 일행이 탑에서 나왔다.

시간이 늦은 탓이었다.

"수고했어, 다들. 지연 님도 고생하셨어요."

"뭐, 뭘요."

"크으! 지연 님이 마지막에 딱 하고 뽑았을 때 얼마나 기분이 좋던지. 지연 님, 진짜 완전 대박이었어요!"

성민우가 흥분하며 다가가자 김지연이 고개를 푸욱하고 숙였다.

"고, 고맙습니다."

갑자기 미묘해진 분위기. 성민우가 행동을 멈췄다.

"고맙긴요, 뭘⋯⋯."

보고 있던 무혁이 고개를 저었다.

"어휴."

저렇게 한심할 수가. 누가 봐도 서로한테 호감이 있어 보이는데 저렇게 답답할 수가 있을까. 마침 예린이 무혁의 옆구리를 쿡 하고 눌렀다.

"응? 왜?"

"민우 오빠 좀 도와줘 봐."

"어어? 저걸 어떻게⋯⋯?"

"그냥 간단하잖아. 서로 마음만 확인시켜 주면."

무혁은 정말 아무것도 모르겠다는 표정이었다.

"어휴, 오빠두 진짜."

"⋯⋯."

뭐라 대꾸할 말이 없었다.

근데 왜 억울하지?

그때 예린이 무혁을 버려두고 두 사람에게 다가갔다.

"오빠, 언니!"

"응?"

"왜에⋯⋯?"

"내일 쉬지?"

"나야, 뭐. 사냥하면 하는 거고. 아니면 쉬는 거고."

"나, 나두 괜찮아."

"그럼 오랜만에 다 같이 놀자, 어때?"

논다는 말이 이처럼 달콤할 수가 있나.

그러나 성민우와 김지연은 대답 대신 무혁을 빤히 바라봤다. 은연중에 그가 파티의 리더로 인정받고 있었기 때문이었다. 예린도 덩달아 무혁을 쳐다보게 되었고 모두의 뜨거운 시선이 모이자 무혁은 자기도 모르게 고개를 끄덕이고 말았다.

"그, 그래. 탑에서 오래 있기는 했지."

"그치? 엄청 답답해."

"그러면 오랜만에 쉴까?"

"오우케이!"

"저, 전 좋아요."

예린이 그제야 웃었다.

"그럼 어디 갈지는 내가 정해도 되지?"

"어, 마음대로."

"그럼 내일 일찍 서울까지 갈게."

"그럴래?"

"응!"

"그럼 내일 오전 9시까지 서울역에서 보는 걸로 하자."

그렇게 약속을 잡고 헤어졌다.

"다들 내일 봐!"

"잘 자고."

무혁은 로그아웃을 하기 전에 잠깐 일루전TV를 확인했다.

-하, 데이트래요, 데이트……!

-와, 배신이다ㅠㅠ

-하, 예린 님도 예쁘고 지연 님도 이쁘고!

-열 받네요, 후우…….

-뭔가 억울하다, 나도 그동안 같이 여행했다고!

-네? 파티원이세요?

-아뇨, 매일 같이 방송 시청했잖아요…….

-아……ㅋㅋㅋㅋ

-저도 데려가 주세요ㅠㅠ

-지금 채팅 보고 있는 거 다 보이거든요!

-무혁 님! 대답 좀요!

-무혁 니이이임!

-이건 진정한 배신입니다아아!

놀란 무혁이 급히 채팅을 꺼버렸다.

뭐야……?

방청자들의 거센 반응에 잠이 확 하고 날아가 버렸다.

아, 이런.

지금 나가서 침대에 누워봐야 잠을 자긴 어려울 것 같았다. 고민을 거듭하다가 그냥 조금 더 일루전을 하기로 했다

근데 뭘 하지?

지금 당장 할 수 있는 일……. 순간 백호운이 떠올랐다.

찾아가 볼까?

언젠가 퀘스트를 줄 가능성이 높았기에 간간이 들러서 인사를 하곤 했었다. 물론 그때마다 퀘스트 대신 전통차만 대접받았지만 말이다.

지금은 되려나?

직접 가서 확인해 보는 게 좋을 것 같았다.

할 일도 없고 잠도 깨버렸기에 시간도 때울 겸 군마를 타고 백호세가가 위치한 마우림 소도시로 향했다.

카이온 대륙에 처음 왔을 때. 백호세가에 아이템을 판매하던 순간에는 일루전TV를 껐었지만 지금은 그냥 찾아가는 것이라 딱히 그럴 필요까지는 없었다.

덕분에 신규 방청자들은 처음으로 백호세가를 구경할 수 있었고 기존 방청자들은 오랜만에 보는 에스러움에 반가움을 표했다.

-오, 백호세가네요.

-오래만에 찾아가는군요ㅋㅋ

-음? 저는 처음 보는데, 전에도 갔었나 봐요?

-간간이 가더라고요.

-ㅇㅇ, 백호세가라는 무림 문파인데 문주하고 좀 친한가 봐요ㅋㅋ

-무림 문파요?

-네ㅋㅋ

-그게 카이온 대륙에 있어요?

-네, 있네요ㅋㅋ

-신기하네요ㄷㄷ

그 사이 무혁과 백호세가의 문주 백호운이 독대했다.

"호오."

감탄사와 함께 백호운의 눈빛이 변했다.

"자네……."

그 시선에 깃든 기세가 무혁을 옥죄어왔다.

어? 뭐야?

지금까지는 한 번도 이런 적이 없었다.

시험인가?

순간 기세가 더 강해졌다.

흐읍……!

절로 전신에 힘이 들어갔다. 당장에라도 백호운이 손을 움직여 검을 휘둘러 올 것만 같았다. 반사적으로 무혁의 자세도 변했다. 언제라도 반응할 수 있는 전투태세로 돌변한 것이다.

그 정도로 백호운의 기세가 실제처럼 느껴졌다. 반사적으로 어깨가 움찔거리면서 한 손은 방패로. 한 손은 검의 손잡이로 향했다. 그 순간 백호운의 기세가 거짓말처럼 사라졌다.

"정말 많이 성장했군."

"예……?"

백호운은 꽤나 감탄한 표정이었다.

"이 정도 기세를 견디는 이방인은 자네가 처음일세."

무혁의 예상대로 시험이 맞았다.

예상하고 있었음에도 불구하고 상당한 충격을 받았다.

이 사람, 뭐야……?

몇 번이나 만나왔지만 그저 평범한 사람으로밖에 보이지 않았었다. 문주라는 사실을 감안하여 그래도 실력이 꽤 있을 거라고 여기긴 했지만 실감하진 못했었다. 그러다 오늘 그 실력의 극히 일부를 체감한 것이다.

단지 기세만으로 전투 본능을 자극하다니.

설마 이런 NPC가 있을 거라고는 상상조차 하지 못했다.

얼마나 강한 거야?

한 가지는 확신할 수 있었다. 평범한 제국의 정예기사라고 할 수 있는 180레벨은 아득하게 초월했다는 사실을.

나보다 강한 것도 분명하고.

어쩌면 250레벨, 아니, 300레벨 그 이상일지도.

"후우, 놀랐어요."

"허허, 미안하군. 차라도 한잔하게나."

앞에 있는 찻잔을 들어 올렸다. 향긋함이 코끝을 타고 올라왔고 덕분인지 심신이 안정되었다. 살짝 마셔보니 청량함이 입안을 감돌았다.

"차에 대해선 잘 모르지만 마실 때마다 정말 좋네요."

"고맙군."

백호운이 무혁을 빤히 쳐다봤다.

"그보다, 내가 전에 했던 말을 기억하고 있나?"

"전에 했던 말이라면……?"

"훗날 다시 한번 찾아오라고 했던 말."

"아, 물론 기억하죠. 그래서 간간이 찾아뵀었던 거고요."

"그랬었군. 실은 자네에게 부탁할 것이 있어서 그런 말을 남겼었네. 물론 앞서 만남에서는 나의 부탁을 자네가 감당할 수 없는 수준이라 여겼었지. 해서 말을 하지 않았던 거고."

"그러셨군요."

"지금 보니 그때와는 확연히 다르군."

지금 퀘스트를 주겠다는 이야기와 다름이 없었다.

"내 부탁을 들어보겠나? 보상은 섭섭지 않게 주겠네."

"물론이죠."

"시원해서 좋군. 혹시 죽음의 탑이라고 아는가?"

"예⋯⋯?"

갑작스럽게 나온 죽음의 탑.

설마 그곳이 퀘스트와 연관이 있는 걸까?

"이곳에서 멀지 않은 곳에 위치한 50층짜리 탑이 있다네."

"알고는 있습니다."

"그럼 이야기하는 게 편하겠군."

무혁은 잠자코 기다렸다.

한숨과 함께 시작된 백호운의 이야기.

"우리 백호세가의 무인 한 명이 아는 지인을 도와주다가 이상한 사건에 휘말렸다네. 그 일을 처리하는 과정에서 무언가 잘못된 건지, 저 죽음의 탑이 갑작스럽게 생겨났다고 하더군."

이건 무혁도 처음 접하는 정보였다.

유저가 개방한 게 아니었어?

"탑에서 뿜어지는 기운이 너무도 불길하여 백호세가의 무인을 보내기도 했지만, 실력만으로 없앨 수 있는 게 아니더군. 직접 확인한 결과 이상한 상자에서 열쇠를 얻어야 했지. 시간이 너무 걸려서 결국 포기하고 말았다네. 하지만 아직도 마음 한구석에는 찜찜함이 남아 있어. 백호세가의 무인이 만들어버린 불길한 기운의 탑. 항상 저걸 없애고 싶다고 생각했지. 그러다 자네와 인연이 닿았고. 조금만 더 성장한다면 부탁을 한번 해볼까, 고민하고 있었다네."

"그러셨군요."

"이방인은 이런 부탁을 오히려 환영한다고 들었네."

"맞습니다."

"다행이군. 그럼 물어보겠네. 저 죽음의 탑을 없애줄 수 있겠는가?"

동시에 홀로그램이 떠올랐다.

[죽음의 탑을 클리어하라]

[마우림 소도시에서 멀지 않은 곳에 위치한 죽음의 탑이 불길한 기운을 뿜어내고 있다. 백호세가의 문주 백호운은 세가 무인의 실수를 바로잡기 위해 애썼으나 결국 실패로 끝이 나고 말았다. 그를 대신하여 죽음의 탑을 클리어하라.]

[성공할 경우 : 무공 습득, 연계 퀘스트.]

보상이 무공 습득이었다.

무공이라……?

좋은지 아닌지 지금 당장은 파악할 수가 없었다.

하지만 배워서 나쁠 건 없으리라.

게다가 무공 습득이 없었다고 하더라도 승낙할 생각이었다. 연계 퀘스트란 글자가 무혁을 사로잡았기 때문이다. 지금까지 연계 퀘스트를 받아서 그 보상에 실망했던 적이 없었던 만큼, 이번 퀘스트를 반드시 클리어하기로 마음을 먹었다.

"한 가지. 묻고 싶은데요."

"뭔가?"

"저 혼자만의 힘으로는 어려울 가능성이 높아서요. 동료들과 함께할 생각인데 그들에게도 충분한 보상이 주어지나요?"

"물론이네. 그건 걱정하지 말게나. 다만 제한이 있기는 하네만."

"어떤 제한인지……."

"스무 명. 그 이상을 넘기진 않았으면 하네. 그러면 보상을 주는 게 아무래도 부담스러워지거든."

즉, 20명까지는 퀘스트 공유가 된다는 소리였다.

"절 포함해 넷입니다."

"그럼 괜찮네."

"알겠습니다."

"다른 질문도 있나?"

"아뇨, 없습니다."

"그럼 내 부탁을 들어주겠나?"

"네, 받아들이죠."

"고맙네."

"탑을 무너뜨리고 동료들과 함께 다시 찾아뵙겠습니다."

"그러게나."

무혁은 인사를 한 후 백호세가를 나왔다.

타이밍이 좋은데?

입가로 괜히 미소가 그려졌다. 어차피 죽음의 탑을 클리어 해야만 하는 상황에서 이렇게 퀘스트까지 얻었다. 공짜로 보상 하나를 덤으로 더 얻은 기분이랄까.

이제 나가볼까.

무혁은 로그아웃을 하기 전에 채팅방을 다시 한번 훑었다.

-헐, 뭐죠? 지금 저기서 죽음의 탑 50층 클리어하라는 퀘스트 받은 거예요?

-와우, 지금 딱 50층인데 클리어 퀘스트를?ㅋㅋㅋ

-타이밍 오지네요.

-역시 될 놈 될인가요……?

-진짜 무혁 님은 일루전에서 운빨 다 쓰시는 듯……ㄷㄷ

-그 운빨로 부자도 되셨으니…….

-하, 겁나 부럽다ㅋㅋㅋㅋ

-근데 이거 남들이 보면 따라서 퀘스트 받는 거 아닌가요?

-상관없죠. 어차피 무혁 님이 1위인데…….

-혹시라도 50층에서 막 몇 개월씩 있을 수도 있는 거 아님?

-너무 극단적임……ㅋㅋ

-아니면 2위 그룹들이 따라올 수도 있는 거고…….

-하긴, 100퍼센트 무혁 님이 클리어한다고 볼 수는 없죠, 아직은. 그래도 자신이 있으니까 공개한 거겠죠.

-ㅇㅇ, 맞음. 우린 그런 거 신경 안 써도 됩니다ㅋㅋ

-근데 제가 한 가지만 예상함.

-ㅇㅇ?

-지금 이 방송으로 인해서 저기 마을 북적거릴 거임. 그리고 저 무림세가에서 퀘스트 받으려고 알짱거리는 유저 엄청 늘어날 거임. 이건 **팩트**ㅋㅋㅋ

-무혁 님ㅠㅠ 뺏기지 마요ㅠㅠ

-딱 봐도 조건이 빡셀 것 같은데요……?

-무혁 님이 가끔 일루전TV를 꺼버리잖아요. 그리고 뭔가를 하는데 아마도 거기에 비법이 숨겨져 있겠죠?

-그럴 듯ㅋㅋㅋ

-그걸 모르는 이상, 무혁 님이 무조건 1위 할 겁니다ㅎㅎ

-그래도 전 걱정됩니다만ㅠㅠ

반응들이 꽤나 재밌었다.

믿어주는 이들. 걱정하는 이들. 두 부류의 사람 모두 무혁을 생각한다는 점은 같았다. 믿어주는 이들에겐 고마운 마음이 들었고 걱정하는 이들에겐 짧게나마 설명을 해주고 싶었다. 어차피 백호세가 문주와의 친밀도를 높이지 않는 이상 이번 퀘스트를 절대로 받을 순 없다는 사실을.

혹여 그와 친밀도를 높였다고 한다면?

그래도 레벨 200이 되지 않으면 백호운의 기준을 통과하지 못하리라. 무혁이 200레벨을 찍으면서 랭킹 3위에 올랐다시피 4위부터는 레벨이 199라는 사실도.

그렇기에 조금도 걱정할 필요가 없다고.

물론 하나씩 설명을 하기엔 너무 많은 내용이기도 했고 또 알려주기 껄끄러운 것도 있었다.

고민하다가 입을 열었다.

"다들 걱정해 주셔서 감사합니다. 그리고 우려하는 일은 일어나지 않을 겁니다."

그 말에 글이 빠르게 올라왔다.

-오오, 무혁 님이 반응하셨다!

-오랜만에 대화를……ㅋㅋ

-무혁 님, 반가워요! 오랜만에 대화를 좀 나눠보죠ㅠㅠ

-궁금한 게 많다고요!

그 말에 무혁이 고개를 끄덕였다.

뭐, 조금 정도야.

"궁금한 게 있으면 물어보세요."

글자들이 무서운 속도로 올라갔다.

"어, 너무 빠른데요? 질문도 너무 많고요. 보이는 거 몇 개만 답해 드릴게요."

그들의 의문을 확인하며 중요한 정보가 아닌 것들은 성실하게 대답해 줬다.

"죽음의 탑 이후의 행보요? 음. 아무래도 좀 돌아다녀야겠죠? 메인 에피소드2가 숨겨진 힘이니 그걸 얻을 생각이거든요. 물론 방법은 아직 모르지만 찾다 보면 나올 거라고 믿습니다. 어, 답변은 여기까지만 할게요. 많이 피곤하네요. 그리고 알다시피 내일은 쉬어야 할 것 같아요. 이틀 뒤에 뵙겠습니다."

인사를 올린 후 로그아웃을 했다.

무혁이 잠든 사이.

[제목 : 카이온 대륙, 죽음의 탑 퀘스트 받는 법!]

[내용 : 무혁 님의 방송 보고 지금 난리가 났는데요. 아직 모르는 분들도 있는 것 같아서 정보 공유합니다. ㅋㅋㅋ 현재 카이온 대륙에서 죽음의 탑 클리어 퀘스트를 받을 수가 있다는 사실, 알고 계신가요? 물론 무혁 님이 압도적인 1위라 지금 도전해서는 클리어할 가능성이 없겠죠. 하지만 2위 그룹이라면 어쩌면 가능할지도요? 그들이 퀘스트를 받아 클리어한다면 과연 어떤 보상이 지급될지 매우매우 궁금하네요! 먼저 간단하게 방법을 소개해 드리겠습니다. 저도 무혁 님 방송을 보고서야

알았는데요. 일단 카이온 대륙, 북쪽에 위치한 마우림 소도시로 향해서 무림세가와 흡사한……]

    └이거 리얼인가요?

    └저 죽음의 탑 이제 40층인데…… 가능하려나?

    └님은 불가능ㅋㅋㅋ

    └ㅇㅇ, 2위 그룹이 퀘스트 받으러 갈 듯.

    └가능성 없는 사람들도 혹시나 다른 퀘스트 줄까 싶어서 저기로 감. 팩트임.

    └인정ㅋㅋㅋㅋ

    └진짜 그럴 거 같은데……ㅋㅋ

    └저 마침 카이온 대륙 마우림 소도시인데 진짜로 저기 가는지 영상 녹화해서 올려보겠습니다ㅋㅋㅋㅋ 기대 많이들 해주세요!

    └오, 올리면 봐드림.

    └감사합니다!

그렇게 웃으며 떠드는 사이 북미와 남미 쪽 홈페이지에도 같은 글이 번역되어 올라갔다.

    └저 방금 북미, 님미 홈페이지에 올리고 왔음ㅋㄷ

    └헐ㅋㅋㅋㅋ

    └나도 올리려고 했는데…….

    └반응 재밌겠네요ㅎㅎ

└핵꿀잼입니다!

└아아…… 젠장, 자려고 했는데 구경 좀 해야겠네요.

└저도 구경하러ㅋㅋㅋ

└전 직접 일루전에 접속해서 마우림 소도시로 가 봐야겠습니다ㅋㅋㅋ

└오, 좋은 생각이에요ㅋㅋ

└ㅋㅋ직접 보는 게 확실히 더 재밌을 듯.

호기심을 채우려 많은 이가 일루전에 접속했다.

마우림 소도시가…….

방향을 잡고 그곳으로 향했다.

가는 길에 보이는 이들.

서로를 바라보는 시선에 묘한 동질감이 감돈다.

설마, 그쪽도……?

그런 속마음을 숨긴 채 미소를 지었다. 나아가다 보니 생각보다 많은 이가 주변으로 모여들고 있었다. 이들 대부분이 비슷한 목적이라는 확신이 들었다. 같은 생각을 한 이들이 많다는 생각에 호기심과 재미가 급증했다.

도착하면 더 많겠지?

예상대로 마우림 소도시가 유저들로 북적거렸다. 유저들이 주변을 훑으며 중얼거렸다.

"어우, 무슨 사람이……."

"뭐가 이렇게 많아?"

포르마 대륙의 유저. 카이온 대륙의 유저 할 것 없이 모두가

섞여 세가를 처다봤다.

"누가 들어가긴 했어?"

"아직 못 봤는데."

"내가 가서 한번 받아볼까?"

"네가?"

"뭐 어때? 그냥 부탁할 거 없냐고 물어만 보면 되는데."

"흐음, 그런가?"

그때 뒤에서 고함이 들려왔다.

"다들 비켜!"

10명밖에 안 되는 인원이었지만 하나같이 중무장을 하고 있었다. 한눈에 봐도 적당함이라는 기준을 넘어선 방어구임을 알 수 있을 정도였다.

"무슨 아이템이……."

"랭커들인가?"

"어후, 갑옷 광나는 거 봐라."

유저들은 감탄하기에 바빴다. 그에 고함을 질렀던 사내가 투구를 벗었다.

"비키라고, 이 새끼들아!"

갑작스러운 욕설에 다들 입을 다물었다. 뒤이어 곳곳에서 수군거림이 터져 나왔다.

"저 새낀 뭐야?"

"갑자기 욕설이야, 뒤질라고."

사내는 아랑곳하지 않고 검을 뽑아 들었다.

"지금부터 안 비키는 새끼, 그리고 입 여는 새끼들은 더 킹 길드의 이름으로 척살령이 떨어질 줄 알아라."

그에 레벨이 낮은 유저들. 그리고 더 킹 길드의 악명을 알고 있는 이들이 자연스럽게 좌, 우측으로 몸을 숨겼다. 다만 황자 길드를 잘 모르는 포르마 대륙의 유저들은 어떻게 해야 할지 몰라 우왕좌왕했다.

그에 상관하지 않고 앞으로 나아가기 시작하는 더 킹 길드. 그들은 가로막는 이들을 향해 공격을 퍼부었다.

"뭐, 뭐야, 갑자기!"

"막으면 죽인다고 했잖아?"

"이, 미친……!"

몇 명이 대항했지만 더 킹 길드원의 실력은 압도적이었다.

"쓰레기들이 덤비긴."

결국 몇 명의 유저가 죽고서야 우왕좌왕하던 이들이 급히 길을 터줬다.

"진즉 이랬으면 얼마나 좋아?"

더 킹 길드원들이 비릿하게 웃으며 걸음을 내디뎠다.

"여긴가?"

"맞아요. 여기예요."

멈춘 곳은 백호세가의 정문 앞이었다. 설령 멈추지 않았다고 하더라도 더 이상 전진할 순 없었을 것이다. 정문을 지키는 백호세가의 무인 두 명이 기세를 뿜어대며 유저들을 가로막았으니까.

"무슨 일로 오셨습니까?"

더 킹 길드장이 한 걸음 나서며 투구를 벗었다.

하, 뻣뻣하기는.

문지기의 태도가 마음에 들진 않지만 이 정도로 거대한 세가를 책임지는 NPC라면 분명히 실력이 꽤 있으리라. 게다가 지금 당장은 그에게 퀘스트를 받아야만 입장이었기에 애써 미소를 지으며 예의를 표했다.

"더 킹 길드장입니다."

"……"

"문주님을 뵈러 왔습니다."

"약속은 하신 겁니까?"

"아닙니다."

"그러면 어렵겠습니다."

"안에는 계십니까?"

"계십니다만."

"중요한 이야기를 나누려고 찾아왔습니다."

"시간이 늦은지라……."

"이 이야기를 전하지 않을 경우 이곳 백호세가에 들이닥칠 불운을 당신이 책임질 수 있겠습니까?"

"그게 무슨……!"

"책임질 수 있다면 돌아가죠."

더 킹 길드장이 몸을 돌렸다. 그에 무인 둘이 불안한 듯 서로를 쳐다봤다.

흔들리는 동공.

이미 마음이 꺾여 버렸다.

"자, 잠시만!"

"뭐죠?"

"크흠, 일단 총관님께 말씀을 드려보겠습니다."

"저도 바쁘니 서둘러 주시길."

"알겠습니다. 다만, 방금 전의 말에는 책임을 지셔야 할 겁니다."

"물론이죠."

무인이 고개를 끄덕인 후 세가 안으로 들어갔다.

잠시 후, 무인이 중년의 무인과 함께 나타났는데 그가 바로 백호세가 무수한 일을 대부분 전담하는 총관이었다. 그는 덤덤한 표정으로 더 킹 길드장을 쳐다봤다. 왠지 모르게 오싹한 느낌이 들었지만 길드장은 애써 미소를 지었다.

"총관이십니까?"

"그렇소만."

"문주님을 뵙고 싶습니다."

"내게 말하시오."

"흐음, 앞서 문을 지키는 사내에게도 말했다시피……."

"내게, 말하시오."

총관의 말에는 기묘한 힘이 있었다. 더 킹 길드장은 자기도 모르게 침을 꿀꺽 삼켰다.

"크흠, 알겠습니다. 저희 더 킹 길드는 카이온 대륙에 존재하는 최고의 길드로 실력자들이 대거 포진되어 있죠. 그런 저희가 백호세가와 동맹을 맺기를 원합니다. 저희와 동맹을 맺을 경우의 무수한 이익들을 생각해 보십시오. 단순하게만 보더라도……."

그는 말을 하다면서도 스스로가 똑똑하다고 생각했다.

그래, 동맹이면 간단하잖아?

그렇게 되면 자연스럽게 백호세가로부터 퀘스트를 받을 수 있으리라. 아직 밝혀지지 않은 비밀스러운 퀘스트까지 싹쓸이가 가능할지도 모른다. 모든 퀘스트를 클리어하고 나면 동맹을 파기하면 그만이었다.

크큭, 기껏해야 NPC들일 뿐이니까.

스윽.

그 순간 총관이 손을 들었다.

"그게 다인가?"

"예?"

"그게 다냐고 물었다."

"그렇습니다만."

"지금 거우 그까짓 동맹 제안을 위해 날 불렀단 말인가?"

더 킹 길드장이 미간을 찌푸렸다.

"그까짓 동맹이라니, 말이 심하시……."

"입 다물게나."

총관의 몸에서 강력한 기운이 뿜어졌다. 그것은 바람이 되어 총관의 옷자락을 펄럭거리게 만들었다.

"자넨 우리 백호세가를 아주 우습게 봤군. 하루를 마무리 지어야 할 시간에 찾아와서는 갑자기 세가의 불운을 언급하다니."

"그건……."

"그래, 자네가 말한 불운이란 건 정확하게 뭐지? 동맹을 거절하면 우리를 죽이기라도 하겠다는 건가?"

순간적으로 해야 할 말이 떠오르지 않았다.

총관의 말이 정곡을 찔렀으니까.

"정말이었나 보군."

기왕 이렇게 된 거 힘을 조금 보여줄 필요가 있을 것 같았다. 그래야 자연스럽게 우위에 서서 협상이 가능하리라.

"하아, 이거, 참. 그렇다면 어쩔 겁니까."

"어쩔 거냐고 물었나?"

총관이 더 킹 길드장에게 다가갔다.

저벅.

지척에서 손을 뻗었다.

"자네들은 아주 큰 실수를 했네."

그 말이 끝나는 순간.

퍼억.

더 킹 길드장의 무릎이 지면에 닿았다.

[백호세가의 총관에게 공격을 당했습니다.]

[백호세가와 적대 관계가 됩니다.]

[강한 압박감에 짓눌려 모든 능력치가 5퍼센트 하락합니다.]

[3,318의 대미지를 입었습니다.]

떠오른 홀로그램이 정신을 멍하게 만들었다.

이게 무슨……?

그 순간 총관이 더 킹 길드장의 관자놀이와 턱, 그리고 울대를 연달아서 타격했다.

[크리티컬이 터집니다.]

[5,993의 대미지를 입었습니다.]

[크리티컬이 터집니다.]

[6,319의 대미지를 입었…….]

이미 HP가 바닥나 버렸다.

"미친……."

허탈한 음성과 함께 더 킹 길드장의 신체가 흐려졌다.

"기, 길드장님이……!"

"NPC 새끼들이 미쳤나!"

그들이 움직이려는 순간.

스윽.

총관이 고개를 들어 그들을 쳐다봤다. 순간 총관의 신형이 흐려졌고 그 탓에 달려드는 더 킹 길드원들은 자리에 멈춰 섰다.

"어디……!"

주변을 돌아보는 순간이었다.

퍼버버벅.

뒤쪽에서 둔중한 느낌과 함께 HP가 0까지 떨어졌다.

[사망하셨습니다.]

한 명이 아니라. 더 킹 길드원 전원이 동일한 현상을 경험했다.

그야말로 압도.

모두를 처리한 후에야 총관이 멈췄다.

"후우."

펄럭이던 옷자락이 가라앉았다.

정문으로 돌아가 무인 둘에게 당부했다.

"방금 전 문양을 기억하겠지?"

"예, 총관님."

"그들이 보이면 3급 신호를 울려라."

"알겠습니다!"

내부로 들어선 총관의 뒤로 그림자 하나가 떨어졌다.

"더 킹 길드의 본거지를 파악했습니다."

"백호대에게 알려주고 출정을 준비시켜라. 가주님께는 내가 보고를 올리겠다."

"예, 총관님."

퀘스트나 받아보고자 계획을 했던 더 킹 길드가 얼떨결에 백호세가와 전쟁을 치르게 되었다.

제4장
백호세가

잠에서 깬 무혁은 아침을 먹은 후 소파에 앉아 휴대폰으로 일루전 홈페이지를 살폈다. 오늘은 접속을 못 하니까 동향 정도만이라도 파악을 해둘 생각이었다.

[제목 : 카이온 대륙 클라스ㅋㅋㅋㅋ 미치겠다ㅋㅋㅋ]

[제목 : 더 킹 길드라고?ㅋㅋㅋ 개 웃기네ㅋㅋ]

[제목 : 새벽부터 아침까지 잠을 못 잤습니다ㅠㅠ 상황이 너무너무 재밌어서요. 방송하는 곳도 꽤 있어서 여러 개 틀어놓고 계속 번갈아서 봤네요.]

[제목 : 더 킹 길드 해체각?]

[제목 : 백호세가 지린다……ㄷㄷ]

[제목 : 백호세가랑 더 킹 길드가 붙은 거 맞죠?]

자유게시판에 들어가자마자 연관이 있어 보이는 제목들이 나열되어 있었다.

"허, 뭐야."

"뭐가?"

옆에 있던 강지연의 말을 무시한 채 화면에 집중했다.

"아, 뭔데!"

강지연이 얼굴을 들이밀자 무혁이 미간을 찌푸렸다.

"귀찮네, 진짜."

"너 야동 보냐?"

"아니거든?"

"다 커가지고, 진짜……."

"아니라고!"

"그럼 뭔데?"

무혁이 한숨을 쉬며 휴대폰 화면을 보여줬다.

"일루전 홈페이지다, 됐냐?"

"오호, 제목이 흥미로운데?"

강지연이 휴대폰을 낚아채려고 하자 무혁이 손을 뒤로 빼버렸다.

"아, 치사하게."

"보고 싶으면 누나 휴대폰으로 보라고."

"알았다, 알았어."

강지연이 휴대폰에 집중했다.

후우, 진짜.

그제야 겨우 조용하게 다시금 홈페이지를 살펴볼 수 있었다.

백호세가랑 더 킹 길드라?

호기심에 게시물을 여러 개 읽어봤다.

[내용 : ㅋㅋㅋㅋㅋㅋㅋ아, 진짜 미치겠네요. 무혁 님 영상이 퍼져서 이렇게 된 거 맞죠? 진짜 카이온 대륙에도 병신 길드가 있긴 있었군요. 백호세가한테 퀘스트 좀 받으려고 동맹 제안했다가 매너가 없다면서 개털리다니ㅋㅋㅋㅋ. 매너가 사람을 만든다, 모르냐?ㅋㅋㅋ]

그제야 상황을 정확하게 파악했다.

아, 내가 올린 영상 때문에……

무혁은 문득 백호운이 떠올랐다. 그 압도적인 기세를.

그것만으로도 더 킹 길드의 미래가 예상되었다.

해체겠지.

더 킹 길드가 참으로 불쌍해지는 순간이었다. 그러다 댓글에서 무언가를 발견했다.

└ㅋㅋㅋㅋㅋ더 웃긴 거 보여드려요?

└ㅇㅇ, 뭔데요?

└여기 주소로 가 보세요. 영상 하이라이트만 편집되어 있음ㅋㅋㅋ

└와, 개꿀. 감사합니다!

└여기 진짜 중요한 것만 딱 들어 있네요ㅋㅋ

└겁나 불쌍함……ㅠㅠ

└근데 왜 울어요?ㅋㅋㅋ

　└너무 웃겨서요ㅋㅋㅋㅋㅋ

　└그렇게 재밌어요?

└일단 영상 자체는 엄청 흥미로워요. 근데 더 킹 길드원들, 안 그래도 좀 짜증 났었는데 저렇게 당하니까 너무 즐거워서요ㅋㅋㅋ

　└아아ㅋㅋ 평소 행실이 그지 같았군요?

　└아마 카이온 유저가 더 잘 알 걸요?ㅋㅋ 저야 포르마에 있다가 카이온으로 넘어간 지 얼마 안 돼서…….

　└그런데도 짜증이 났다는 거죠?

　└네ㅋㅋㅋ 사냥터에서 부딪혔다가 죽은 적이 있어서요ㅠㅠ

　└후, 상위 길드는 왜 그러죠, 정말? 걸핏하면 사냥터 점령하고. 진짜 맘에 안 드네요.

　└그러게요. 짜증 나요ㅠㅠ

　└이 참에 해체나 해버리길ㅋㅋ

　무혁의 눈길을 끄는 건 한 가지였다. 하이라이트 영상.

　호기심을 느끼며 링크를 클릭했다. 새로운 창과 함께 영상이 등장했다.

　한번 볼까.

　마우림 소도시, 그곳으로 더 킹 길드 무리가 등장한다. 백호세가에 동맹을 요청하고 백호세가는 겨우 그 이야기로 불운을 언급했냐면서 그들을 모두 죽여 버린다. 얼마 지나지 않아 백호세가에서 다수의 무인이 정문을 통해 나왔다.

-어, 어디로 가는 건가요?

한 명의 유저가 겁도 없이 물어왔다. 그에 선두에 있던 무인이 그를 빤히 쳐다보더니 입을 열었다.

-더 킹 길드로.

그 대답에 실력에 자신 있는 이들이 뒤에 따라붙었다. 그에 신경이 예민해진 무인이 고개를 돌려 사납게 쳐다봤다.

-어, 저, 저희 이방인이 특이한 힘이 있는 건 아시죠? 홍보! 홍보를 해드리겠습니다. 그러면 앞으로 이런 귀찮은 날파리가 더 이상 달라붙지 않을 겁니다!
-…….

무인은 고민하다가 조장에게 알렸고.

-그러도록 하시오. 단, 방금 한 말은 지켜야 할 것이오.
-그럼요!

조장은 흔쾌히 수락했다. 다시 화면이 넘어가고 더 킹 길드 본거지에 도착한 무인들이 실력을 발휘하는 모습이 이어진다.

-이, 개새……!

-뭐냐고!

-백호세가, 이 새끼들. 두고 보자……!

더 킹 길드원이 너무나 허무하게 당해 버렸다.

그들 역시 최상위 랭커 길드. 본거지에 있는 유저들의 평균 레벨이 170은 되었지만 백호대의 무력 앞에선 고양이 앞, 쥐새끼 한 마리일 뿐이었다.

본거지가 털리는 시각.

자막과 함께 화면이 바뀌었다. 사실 본거지에 있는 이들은 그리 실력 좋은 편이 아니었다. 정말 강하다고 할 수 있는 190레벨 수준의 유저들은 이미 현실에서 의사소통을 끝내고 접속해 백호세가 앞에 모인 상태였다.

실력자들은 백호세가 앞에 모였다.

NPC들은 할 수 없는 빠른 의사소통이 유저의 가장 큰 이점이리라.

"호오."

덕분에 무혁의 집중도가 올라갔다.

완전 재밌는데?

흥미로움이 가득담긴 시선으로 영상에 집중했다.

-전투부대도 없지, 이제?

-그럴걸.

-크큭. 먼저 시작한 건 저 새끼들이니까. 보여주자고.

-거기, 녹화하는 새끼! 아, 죽이려는 건 아니고. 잘 찍으라고. 우리가 이딴 거지 같은 NPC들을 어떻게 처리하는지! 알겠어!

-어이, 시끄럽고. 길드원은 다 온 거냐?

-아, 예!

-그럼 죽이러 가자고.

백호세가의 정문으로 향하는 그들.

끼이익.

그 순간 닫혀 있던 문이 열렸다. 전투부대를 제외하고서 백호세가에서 무술 좀 배웠다고 할 수 있는 무인 전부가 모습을 드러낸 것이다. 그들은 좌우로 퍼져 진을 쳤다. 더 킹 길드원은 그게 누구라도 절대 내부로 들여보내지 않겠다는 의지였다.

-길을 열어라.

그 순간 장엄한 목소리가 울리고.

저벅.

가주, 백호운과 총관이 모습을 드러냈다.

-정말 이방인이란 존재는 재밌구나. 누군가와는 좋은 인연을 맺었건만. 오늘은 또 이렇게 악연을 만들어 가는구나.

백호운의 몸에서 투기가 발산되었다.
그는 결국 무인, 세가의 주인이지만 평생을 수련하며 실력을 갈고닦은 싸움꾼이었다. 세가의 명예를 더럽히는 자, 그리고 무인의 자존심을 짓밟는 자에겐 한 올의 동정심도 갖지 않는 냉혈한이기도 했다.
그가 차가운 눈빛으로 유저들을 훑었다. 그 시선에 깃든 무거움이 더 킹 길드원 모두의 어깨를 짓눌렀고 그 탓에 누구도 함부로 움직일 수 없었다.
강해……!
본능적으로 깨달은 것이다, 그가 포식자임을.

-어디 한번 싸워보자꾸나.

백호운의 신형이 사라졌고 자리를 지키던 더 킹 길드원 전원이 삭제되었다.
말 그대로, 삭제. 모두가 순식간에 녹아버린 것이다.

-멸사대는 들어라.

20명의 무인이 뒤쪽에서 나타났다.

-너희는 카이온 대륙 전원을 뒤져 우리와 적대한 더 킹 길드
원을 처리하라.
-명을 받듭니다.

떠오르는 자막.

**그때부터 오늘 아침까지 더 킹 길드원 대부분의 실력자가 목숨을 잃
었다고 전해진다.**

그제야 영상이 끝났다.
"후아."
마치 한 편의 영화를 본 기분이었다.
뭐, 결말은 정해져 있지만 백호운이 결단을 내린 이상 더 킹
길드의 해체는 기정사실이었다. 그래도 뭐랄까, 어떻게 해체될
지가 궁금했다. 허무하게 무너질 것인지. 아니면 백호운을 다
시 한번 움직이게 만들 것인지.
"와, 이거 재밌는데?"
"뭐가?"
"동영상 하나 찾았는데 볼래?"
무혁이 슬쩍 시선을 던졌다.

"방금 다 본 거야."

"오, 그래?"

시선을 옮겨 휴대폰 액정 상단을 확인했다.

8시 30분. 이제 출발해야 할 시간이었다.

잠시 후 8시 55분에 서울역에 도착한 무혁은 차량을 주차장에 세운 후 위쪽으로 올라갔다. 가는 길에 성민우에게 전화를 걸어 위치를 확인했다.

"난 도착. 어디야?"

-가는 중.

"얼마나 걸리는데?"

-10분?

"알았어. 입구에서 기다려."

-오케이.

"참, 지연 님한테는 네가 연락해라."

-어, 어어?

"끊는다."

-자, 잠깐……!

통화를 종료하고 역으로 올라가 예린을 기다렸다.

5분 정도의 시간이 흘렀을 즈음.

"오빠!"

늘씬한 각선미를 자랑하는 아름다운 여인이 등장했다. 주변 남성들의 시선을 단번에 사로잡을 정도의 미모였다.

"어, 여기."

그녀가 다가와 무혁에게 안겼다.

"헤헤, 보고 싶었어."

"나도."

그녀의 머리를 쓰다듬어 주고 있는데 따가운 눈총들이 느껴졌다.

이거, 참.

그들의 눈에 깃든 질투와 시기. 괜히 어깨가 으쓱거렸다.

한편 서울역에 도착한 성민우는 역 앞에서 주변을 훑어봤다. 무혁과 예린은 물론이고 김지연 역시 보이지 않았다.

"후우."

한참을 고민하다가 통화 버튼을 눌렀다.

최신 가요가 흘러나오고 1초가 1분 같은, 아니, 그보다 더 느리게 느껴지는 느려진 시간 속에서 드디어 특유의 연결음 소리가 들렸다.

잠깐의 침묵이 흐르고.

-여, 여보세요……?

"아, 안녕하세요!"

-아, 네에.

"어, 어디쯤이신지……."

-거의 다 도착한 거 같아요.

"아, 그래요?"

-네에. 아, 저기 보이네요······.

성민우가 다시 주변을 훑었다.

계단 아래. 에스컬레이터를 타려는 그녀가 보였다.

먼 거리에서 눈이 마주쳤고.

두근.

심장이 보다 더 거칠게 뛰기 시작했다.

-보, 보이세요?

손을 살며시 든 모습이 너무 어여뻤다.

"······."

-저, 저기······?

"아······?"

뒤늦게 정신을 차린 성민우가 고개를 크게 흔들었다.

"보, 보여요!"

-저두요.

아래에서 올라오는 그녀의 모습에 매혹되었다.

예, 예쁘다······!

그녀가 가까워질수록 성민우의 신체는 굳어갔다. 로브를 걸친 일루전에서의 그녀와 핫팬츠에 새하얀 와이셔츠를 입은 지금의 그녀는 달라도 너무 많이 달랐기 때문이다. 현실에서 보는 건 이번이 처음인지라 긴장감이 극에 달했다.

"저기······."

이윽고 지척에까지 도달한 그녀.

두근거림이 그녀에게 전해질까 겁이 났다.

"어, 네, 네에! 와, 왔어요?"

"네에."

"그, 그러면 이, 이제 기다릴까요."

"좋아요."

순간 말을 더듬고 리드도 제대로 하지 못하는 스스로가 참으로 한심하게 느껴졌지만 머리 따로, 몸 따로, 또 입이 따로 노는 지금의 상황을 제어할 순 없었다.

처음이라고……!

이런 미칠 것만 같은 격동과 설렘. 텅 비어버린 것만 같은 머리. 여자와 사귄 적이야 꽤 있지만 이런 기분은 정말로 처음이었다.

잠시 후.

"여기 있었네."

"언니!"

무혁과 예린이 밖으로 나와 기다리는 두 사람에게 다가갔다. 여전히 어색한 분위기를 풍기는 둘을 데리고 주차장으로 향했다.

"날씨도 딱 좋고 놀이공원이나 가려고 하는데, 어때?"

"어, 괜찮네."

"나도. 오랜만에 가면 재밌을 것 같은데?"

김지연도 옆에서 고개를 끄덕거렸다.

그사이 주차장에 도착했고.

"그럼 난 우리 오빠랑 갈 테니까 언니는 민우 오빠랑 와요."

"어, 그, 그게……."

"그럼 도착해서 봐!"

무혁과 예린이 종종걸음으로 멀어지더니 차량에 올랐다. 성민우도 별수 없이 본인의 차량으로 향했고 조수석에 김지연을 태웠다.

"추, 출발할게요."

"네에."

시동을 거는데 손이 미미하게 떨렸다.

이런, 멍청아. 정신 차려.

운전면허를 따기 위해 시험을 치를 때에도 지금보다는 떨리지 않았다.

처음으로 경험하는 극한의 긴장감이었지만 운전대에 손을 올리자 이상하게 마음이 가라앉았다. 안도의 한숨을 쉬며 그녀를 슬쩍 쳐다봤다.

두근.

다시금 정신이 혼미해졌다.

아, 안 돼!

어찌 보면 그녀와 차분하게 대화를 나눌 수 있는 절호의 기회였건만. 이대로라면 운전도 제대로 하지 못할 것 같아서 입을 꾸욱 다문 채 전방에 집중하는 그였다. 그 무거운 정적 속에서 김지연의 시선이 은근슬쩍 성민우에게로 향했다.

목적지인 용인 놀이공원에 도착한 그들은 자유 이용권을 끊고 내부로 들어섰다.

"와, 진짜 오랜만에 오네."

"재밌겠다!"

평일이라 사람도 많지 않았다.

"이거부터 타자!"

"이, 이거……?"

용인 놀이공원에서 가장 빠르다는 롤러코스터였다.

"응, 타고 싶어."

"그럴까."

성민우를 제외하고 모두들 밝은 표정이었다.

"참, 지연 님은 괜찮아요?"

"네에, 저 놀이기구 좋아해요."

"다행이네요."

줄은 길지 않았기에 순식간에 차례가 왔다.

"우리는 맨 앞!"

"그, 그럼 저는 두 번째요."

머뭇거리던 성민우가 한숨을 쉬며 김지연의 옆에 탑승했다.

-출발하겠습니다.

롤러코스터가 나아가고 속도가 무섭게 붙었다.

"으, 으아어아어어어어억!"

무혁과 예린, 김지연은 순수하게 즐겼고 성민우는 두려움에 괴성을 내질렀다. 다른 대부분의 놀이기구에서도 이와 비슷한 상황이 흘러갔지만 성민우는 끝까지 견뎌냈다.

김지연과 함께 시간을 보내기 위해서.

"우, 우웨에에엑."

결국 그러다 구토를 하고 말았지만.

뭐랄까.

썩 좋다고만은 할 수 없는 데이트였다.

밤이 늦은 시간.

성민우와 김지연은 각자의 집으로 향했고 무혁은 예린과 함께 하루를 보냈다. 뜨거운 밤을 보내고 함께 아침을 먹은 후 그녀를 역까지 바래다줬다.

"오빠, 조금 있다가 봐."

"그래."

예린과 헤어진 후 집으로 돌아갔다.

부와아아앙.

자기도 모르게 속도가 빨라졌다.

일루전, 일루전……!

겨우 하루. 일루전과 관계없는 일들을 하며 지냈다. 그 탓일까, 지금 무혁의 머릿속에는 일루전밖에 들어 있지 않았다.

특히, 더 킹 길드. 그리고 백호세가. 두 곳의 상황이 어떻게 되었을지 너무 궁금했다.

속도가 더 빨라지고 드디어 집에 도착했다. 주차를 하고 집으로 들어가자 소파에 앉아 있던 강지연이 고개를 돌렸다.

"여, 이제 왔냐?"

"크흠."

"뭐 하고 놀았대?"

"그냥, 친구랑 오랜만에 술을 좀 마셨더니."

"호오, 그래서? 예린이 만났냐?"

"어, 뭐."

"그래, 남의 연애사에 끼어드는 건 매너가 아니지."

"알면 됐고. 그보다 어머니는?"

"친구 만나러."

"흐음, 난 일루전하러 간다."

"그래라."

무혁은 방으로 들어가서 컴퓨터를 켰다. 24시간이 넘도록 보지 못했던 무수한 게시물들이 수두룩하게 나열되었다. 무혁은 웃으며 그것들을 빠르게 읽어내려갔다. 백호세가와 더 킹 길드의 사건을 파악할수록 미소가 진해졌다.

대박인데.

흥미로움이 전신을 휘감았다. 그러다 다시 한번 영상 링크를 발견할 수 있었다.

[제목 : 더 킹 길드, 지린다ㅋㅋㅋ]

[내용 : 그래도 정말 대단하다고 생각해요ㅎㅎ 오전 8시 정도에 죽었던 유저들 다 접속해서 백호세가로 몰려갔는데 솔직히 숫자랑 위용만 보면 기대감이 들게 되더라고요. 투구 벗은 유저들 표정도 진짜 죽음을 각오한…… 아, 하긴 유저니까.ㅋㅋ 아무튼 전투가 진짜 살벌하더군요. 그래도 다시 보고 싶네요ㅋㅋ]

ㄴ그거 영상 있던데요?
ㄴ헐, 진짜요? 어디에 있죠?ㅠㅠ
 ㄴ영상 게시판에 가보세요.
ㄴ여기 링크임.
 ㄴ링크 감사합니다!

무혁도 링크를 클릭했다. 더 킹 길드 수백이 백호세가로 향하는 모습부터 시작되었다.

물론 그들은 내부로 진입하지 못했다. 먼저 문이 열리면서 가주 백호운과 총관, 그리고 무인들이 뛰쳐나왔기 때문이었다. 지난번과 같은 양상이었지만 분위기는 달랐다. 숫자로만 따진다면 더 킹 길드원이 더 많았기 때문이었다.

-기다릴 거 없다. 죽여 버려!
-가자고!

더 킹 길드원이 돌진했다.

-단 한 놈도 들여보내지 마라!

그 순간 터진 백호운의 외침. 그것은 아군에게는 사기를, 적
군에게는 두려움과 공포를 안겼다.

스팟.

직후 허공을 도약한 여덟 개의 그림자가 더 킹 길드의 정면
에 내려섰다. 좌측에는 총관이, 우측에는 호법이. 뒤쪽에선 다
섯 장로가 기세를 뿌려댔다.

백호세가에서 가장 실력이 좋은 이들이었기에 뿜어지는 압
박감은 장난이 아니었다. 그러나 이번에 모인 더 킹 길드원 역
시 목숨을 건 상황이었다.

-무조건 죽여! 어차피 NPC는 목숨이 한 개라고!

-그, 그래. 시바아알. 우리가 이길 수 있어!

굳으려던 몸을 억지로 이끌고.

콰과과과광!

가장 강력한 스킬을 여덟 무인에게 난사했다.

먼지가 치솟고.

꽤나 큰 피해를 입혔으리라 자신했다.

-뭐야, 별거 없⋯⋯.

그 순간 바람이 불어 먼지를 흩날렸고. 드러난 모습에 더 킹 길드원 전원의 안색이 굳었다. 너무나도 멀쩡한 백호세가 무인들의 모습 때문이었다.

-도대체⋯⋯!
-이게 말이냐 되냐고오오오!

악에 받친 고함과 함께 달려가는 더 킹 길드. 가주를 비롯한 실력자들이 그들의 중심으로 난입하고 뒤쪽에서 길을 막고 있던 무인들이 합세하여 압박한다. 압도적인 실력의 여덟 무인과 조금은 부족하지만 무수한 훈련으로 서로 간의 협력을 배운 다수의 무인이 더 킹 길드를 짓이겼다.

-시바아아알!

그때 유저 몇 명이 백호세가 내부로 들어가기 위해 몰래 움직였다.

-몰래 가서 안에 있는 NPC들부터 다 죽이자고.
-그래야지, 무조건 무너뜨린다.

독기에 서린 시선으로 전투를 벗어난 후 몰래 백호세가로 접근했다. 하지만 입구를 넘어서려는 순간 사방에서 나타난 그림자가 검을 내찔렀다.

푸욱.

갑옷의 아주 미세한 틈을 뚫고 들어오는 검격에 크리티컬이 터져 버렸다. 몇 번의 공격에 HP가 바닥나면서 그대로 희미하게 사라져 버렸다.

-미친……

그들을 죽인 그림자는 다시 모습을 감췄고 간간이 내부로 들어오려는 자들을 처리했다.

-마무리를 지어라!

백호운의 외침과 함께 화면이 전환되고.

파바밧.

남은 더 킹 길드원 전부가 먼지가 되어 사라졌다.

"역시."

영상을 모두 본 무혁이 몸을 일으켰다. 백호세가의 힘을 아주 조금 맛본 느낌이긴 한데, 솔직히 그 끝은 짐작이 가지 않는다.

과연 저게 전부일까?

백호운의 실력만이 아니라 백호세가 전부가 힘을 감추고 있는 느낌이었다. 그들과 좋은 인연을 맺었다는 사실에 괜히 기분이 좋아졌다.

잠시 후 일루전에 접속하여 성민우, 예린, 김지연과 파티를 맺었다.

"참, 오빠. 홈페이지 난리던데?"

"아아, 백호세가랑 더 킹 길드?"

"응!"

"영상 봤는데 재밌더라고."

"나두. 그거 오빠 방송 보고 퀘스트 받으려다가 그렇게 된 거지?"

"아마도?"

옆에 있던 성민우가 끼어들었다.

"네 방송이 여러 사람 죽이더라. 크크."

"더 킹 길드가 너무 섣부르게 행동한 탓이지, 뭐."

"하긴. 상대도 제대로 모르면서 시비라니. 근데 백호세가 총관이랑 가주는 진짜 상상도 못 하게 강한 것 같던데."

"어, 최소 300레벨은 되지 않으려나."

"허얼, 300이라고?"

"그냥 추측이야."

"으음, 생각해 보니까 진짜 300레벨은 넘어야 할 것 같다."

"그러니까 백호세가 앞에선 조심해."

"당연하지."

무혁도 절대 백호세가와는 악연이 되고 싶은 마음이 없었다. 그러기 위해서라도 이번 퀘스트를 깔끔하게 깨뜨리는 게 우선이었다. 시답잖은 수다를 떠는 사이 죽음의 탑에 도착했다. 그제야 가장 중요한 게 떠올랐다.

"참, 어제 말했다시피 퀘스트 하나를 받았거든."

"죽음의 탑 50층?"

"어, 공유부터 하자."

"오케이."

퀘스트를 열어 공유 버튼을 눌렀다.

[퀘스트 '죽음의 탑'을 파티원들과 공유합니다.]

보상을 확인한 성민우가 눈을 크게 떴다.

"진짜로 보상이 무공이네."

"배워서 나쁠 건 없을 테니까."

아니, 오히려 기대가 되었다. 영상으로 직접 확인을 했으니까. 백호운의 강함을.

"아, 빨리 배워보고 싶다. 어서 50층 클리어하자고!"

"좋지."

탑에 들어가 걸음을 빠르게 옮겼다.

퀘스트를 받아서일까.

목적이 생긴 덕분에 평소와는 달리 의욕이 넘쳤다.

"나온다."

그 순간 등장한 50층의 몬스터.

[50층 중간 보스 '헥터'가 등장합니다.]

거대한 도끼를 손에 지닌 이족보행의 괴물. 3미터에 이르는 키와 갑옷보다 질긴 근육을 지닌 중간 보스 몬스터. 헥터가 송곳니를 드러낸 채 다가왔다.

"미친. 뭐냐, 저건……?"

"갑자기 보스?"

"설마 저거 잡고 가면 제대로 된 보스가 나오는 건가?"

"그렇겠지?"

"그럼 두 마리로 열쇠를 얻으라는 거야? 하아, 보석 수급이……."

"뭐, 잡으면 알게 되겠지."

모두 고개를 끄덕이며 전투를 준비했다.

키리릭.

소환된 스켈레톤과 정령, 그리고 다람쥐들이 소환되었고 가장 먼저 마법과 뼈 화살이 헥터에게 날아갔다. 그 모습을 보던 헥터가 손에 들린 도끼를 바닥에 내리찍었다.

쿵, 쿵, 콰아앙!

도끼로 한 번 찍었을 땐 바닥을 이루던 구조물이 부서지면서 그것들이 떠올랐다. 두 번 찍었을 땐 그것들이 강력한 불꽃에 휩싸였고 세 번 찍었을 땐 마치 총알이라도 된 것처럼 무서운 속도로 쏘아졌다.

중앙에서 날아오던 마법, 그리고 뼈 화살과 부딪혔다. 갇힌 공간에서 소리가 울린 탓일까. 귀가 먹먹해졌다. 뒤이어 휘몰아치는 후폭풍에 중심을 잡기가 버겁다.

아머기마병, 전원 돌격.

하지만 그런 순간에도 아머기마병은 바람을 뚫고 나아갔다. 멀지 않은 곳에 위치한 헥터를 무차별하게 짓밟기 위해서.

후-우-웅.

하지만 중간 보스라는 이름에 걸맞게 헥터는 강력했다. 가볍게 휘두른 도끼질에 돌진하던 기마병들이 뒤로 날아갔다.

달려들던 속도가 워낙에 빨랐던 탓에 피해가 더 컸다. 뒤로 나뒹군 기마병들이 덜그럭거리며 몸을 일으킨다. 하지만 이미 군마를 부서졌고 기마병 역시 정상적이진 않았다.

풍폭, 앞으로.

그런 녀석들에겐 풍폭을 건 후 앞으로 보냈다. 전과 마찬가지로 헥터는 도끼를 휘둘렀고 피해를 입는 순간 풍폭이 터졌다.

콰앙!

덕분에 적지 않은 피해를 놈에게 입힐 수 있었다.

그러나 부족했다. 그것도 턱없이.

설인, 아이스 홀드.

전신이 얼어버린 틈을 타 다시 한번 뼈 화살이 쏘아졌다.

부르탄, 기파.

다음은 도착한 나이트들이 놈을 포위했다.

아머나이트, 강한 일격.

전원이 검을 휘둘렀다.

지휘 권한 발동. 이후 지휘 권한을 넘겨준 후 윈드 스텝을 사용해 거리를 좁혔다.

어둠의 힘.

[MP(100)를 소모합니다.]

[일정 범위 내의 적대 관계 생명체에게 고정 대미지를 입힙니다.]

[MP(7)가 회복됩니다.]

[HP(7)가 회복됩니다.]

그대로 접근해서 검을 그었다. 크리티컬이 터지진 않았지만 상당한 대미지를 입었다. 하지만 헥터의 공격이 생각보다 빨랐다. 휘둘러진 도끼가 옆구리를 타격했다. 충격에 몸이 뒤로 뻗어 나가려는 순간.

풍폭, 파워대시.

스킬을 사용해 물리적인 법칙을 깨뜨렸다.

퍼억!

어깨로 놈의 복부를 밀어버린 후.

풍폭, 격살.

순백의 팔찌에 달린 특수 옵션, 격살을 사용해 놈의 복부를 꿰뚫었다.

[크리티컬이 터집니다.]

[6,399의 대미지를 입힙니다.]

[11,520의 추가 대미지를 입힙니다.]

합쳐서 총 1만 8천에 가까운 대미지였다.

크, 죽인다!

스킬 계수가 320퍼센트에 해당되는 격살이기에 가능한 일이었다. 게다가 아직도 끝난 게 아니었다. 순흑의 팔찌에 깃든 특수 옵션이 남았으니까.

지진.

아쉽게도 풍폭을 덧씌울 순 없지만 그래도 괜찮은 대미지였다. 윈드 스텝으로 뒤로 물러난 후 화살을 쏘고 전황을 살폈다.

포이즌 오우거, 피어.

헥터가 혼란에 빠진 사이 공격을 퍼부었다.

그런 방식이 반복되고.

"좀 죽어라!"

오랜 공격에도 죽지 않는 헥터에게 기가 질릴 즈음.

크, 크르.

힘을 잃고 쓰러지는 놈이었다.

"후아."

"겨우 죽었네, 진짜."

가까이 접근해서 떨어뜨린 다량의 보석을 회수했다. 이후

놈의 사체를 분해해 뼈를 얻었다.

[헥터의 뼈]
특성 : 힘, 민첩, 체력.

고민하다가 몸집 크기가 비슷한 아머나이트1의 뼈를 뽑고.

[아머나이트1의 체력이 줄어듭니다.]
[손재주의 영향을 받아 0.12의 하락이 이뤄집니다.]
[아머나이트1의 체력이 상승합니다.]
[손재주의 영향을 받아 0.48의 상승이 이뤄집니다.]
[아머나이트1의 힘이 상승합니다.]
[손재주의 영향을 받아 0.48의 상승이 이뤄집니다.]

보스 몬스터의 뼈라서일까. 체력과 힘이 0.48씩 올랐다.

"호오."

중간 보스의 뼈라 그런지 상승 효과가 컸다.

한동안은 여기서 지낼 테니까…….

이곳에서 다시 한번 소환수들의 급성장을 이뤄낼 수 있을 것 같았다. 그 사실에 흥분이 된 무혁은 휴식을 최소한으로 줄였다.

"이제 갈까?"

"그래."

출발하기 전 리바이브를 통해 헥터를 되살렸다.

"크, 든든하구만."

다들 웃으며 앞으로 나아갔다.

얼마나 향했을까.

저 멀리 거대한 문이 보였고 그 앞에 위치한 검은 안개를 발견할 수 있었다.

[50층 보스 몬스터 '몽마'가 등장합니다.]

놈은 물리 공격이 통하지 않는 대신 마법 공격에는 보다 더 큰 피해를 입는 녀석이었다.

그 사실을 알려주기 위해 먼저 아머기마병을 보냈고.

"어?"

놀란 척 연기를 시작했다.

"오빠, 왜 그래?"

"공격이 안 통하는데?"

"진짜?"

"응, 물리 공격으로는 대미지를 못 입힌다고 그러네."

옆에 있던 성민우가 정령을 부렸다.

콰앙!

마법 공격을 시도한 것이다.

"어라? 마법 대미지는 들어가는데?"

"그럼 메이지랑 정령 보호하는 위주로 가야겠네."

"오케이."

순식간에 전략을 세우고 행동으로 옮겼다. 소환수도 많았고 또 중간 보스 헥터의 HP가 어마어마해서 몽마의 공격을 오랫동안 막아낼 수 있었다. 그러다 메이지의 쿨타임이 돌아오면 놈에게 스턴을 걸어 절대로 공격을 피할 수 없도록 만들었다.

쾅, 콰과과광!

덕분에 시간은 꽤 오래 걸렸지만 무리 없이 놈을 처치할 수 있었다.

-확실히 파티 인원이 적어서 그런지 보스 몬스터가 그리 강하지 않은 것 같아요

-그런가요?

-네, 제가 죽음의 탑 공략하는 다른 방송도 봤는데 거기는 몬스터가 어마어마하게 많고 또 강하더라고요.

-오호…….

-ㅋㅋㅋ그거 이미 밝혀진 정보 아닌가요?

-혹시 모르는 분들 계실까 봐……ㅎㅎ

방청자들이 이번 전투에 각자의 의견을 언급하고 있을 때, 무혁은 놈에게서 얻은 보석을 인벤토리에 넣은 후 사체분해를 시도했다.

[몽마의 뼈]

특성 : 지식, 지혜.

이건 명백히 메이지의 것이었다. 뼈를 교체하자 지식과 지혜
가 각 0.48씩 상승했다. 경험치도 쏠쏠하고 소환수의 스탯도
크게 증가했다.

좋은데?

무혁의 입가로 미소가 걸렸다.

죽음의 탑, 50층에서의 생활이 이어졌다.

현재 1주일째. 더 킹 길드와 백호세가의 싸움은 그사이 절
정으로 치달아 현재 막바지에 이른 상태였다.

"오늘도 영상 올라왔더라."

성민우의 말에 무혁이 고개를 끄덕였다.

"요즘은 그거 보는 재미로 매일 아침마다 홈페이지에 접속
하잖아."

"너도냐?"

"어."

"나도. 진짜 재밌던데? 크큭."

예린도 마찬가지인지 웃으며 대화에 끼어들었다.

"다들 보는구나."

"당연하지!"

"언니는? 언니두 봐?"

"으, 으응. 나두 봐."

김지연 역시 빠지지 않았다. 주제가 동일하니 자연스럽게 오가는 말도 많았다.

"근데 이제 곧 해체되겠지?"

"더 킹 길드?"

"그럼. 백호세가가 해체될 일은 없잖아."

"그렇지."

도저히 상대가 되지 않았다. 백호세가의 압승.

더 킹 길드는 그저 처참하게 발릴 뿐이었으니까.

"언제 해체하려나."

가장 궁금한 게 바로 그거였다. 어디까지 버틸까.

그 탓에 무혁은 보스 한 마리를 잡고 휴식을 취할 때마다 일루전에 접속한 상태로 홈페이지를 검색하는 지경에 이르렀다.

"크, 노가다 중독자가 노가다를 안 하고 검색이라니……."

"크흠."

"뭐, 나도 궁금하긴 하네."

성민우도 옆에서 손을 놀렸다. 예린과 김지연까지. 네 사람 전부 허공을 바라보며 손을 이리저리 휘두른다.

-ㅋㅋㅋㅋㅋㅋ, 미치겠다ㅋㅋㅋㅋ

-지금 넷이서 뭐 하는 짓이죠ㅋㅋㅋㅋㅋ

-이제 막 접속하신 분들, 저분들은 지금 조금 정신이 나갔습니다. 이

해해 주세요ㅠㅠ

-어, 저 지금 왔는데…….

-ㅋㅋㅋㅋㅋ

-미, 미치신 건 아니죠? 여기 최상위 랭커 무혁 님 방이 아닌가? 유명하다고 해서 왔더니……. 설마 미친 컨셉?

-돌겠네ㅋㅋㅋ

방청자들의 격한 반응을 모른 채 넷은 여전히 허공에다가 손짓을 했다.

"호오. 우오오! 죽인다……."

"크……!"

그러다 크큭거리며 웃고.

"흐음."

다시 진지하게 집중하더니 고개를 끄덕인다.

-이거 영상 찍어서 간직해야겠네요ㅋㅋㅋ

-왜요?

-삶이 힘겨울 때마다 보게요.

-ㅋㅋㅋㅋㅋㅋㅋㅋ

-겁나 좋은 생각이네요ㅋㅋㅋ 저도 영상 남겨야겠습니다!

-전 퍼뜨릴 겁니다. 이 재밌는 건 모두가 봐야죠.

-독하신 분ㅋㅋㅋㅋㅋ

그때 무혁의 손이 멈췄다.

"어……?"

새로고침을 누르는 순간 떠오른 첫 번째 게시물의 제목 때문이었다.

[제목 : 드디어 끝났네요. 수고했다, 더 킹 길드ㅋㅋ]

끝이 났다고?

서둘러 게시물을 클릭했고.

[내용 : 여기 영상 주소고요. 확인해 보세요ㅋㅋ]

무혁은 링크를 타고 영상을 봤다.

더 킹 길드, 백호세가. 두 세력간의 치열한 싸움과 그 이후, 더 킹 길드장의 허탈한 표정. 길드를 해체하겠다는 선언과 모두들 어깨를 늘어뜨린 채 뿔뿔이 흩어지는 모습까지.

"허, 진짜로 끝이네."

무혁의 표정은 상당히 애매했다. 입가에는 드디어 끝이 났다는 만족스러운 미소가 서려 있었지만 표정에는 이 재밌는 전투를 더 이상 볼 수 없다는 아쉬움으로 가득했으니까.

"후우."

홈페이지를 꺼버렸다. 아직도 발견하지 못했는지 여전히 집중하는 세 사람을 쳐다봤다. 허공에 손짓하고 미친듯이 웃고

심각하게 집중하고.

"……"

순간 저게 뭐 하는 짓인가 싶었다. 동시에 깨달았다.

이런……!

방청자들이 이 모습을 지켜봤으리란 사실을.

나도 저랬겠지.

흑역사의 탄생을 깨닫는 순간이었다.

잠시 후. 꽤 시간이 흘러도 정신을 차리지 못하기에 무혁이 입을 열었다.

"다들 홈페이지 보고 있지?"

"……"

대답은 들리지 않았다. 기대도 안 했지만.

"더 킹 길드 해체됐더라."

"뭐라고!"

"진짜야, 오빠?"

그제야 고개를 휙 돌리는 일행들.

"아직도 못 찾았어?"

"어!"

"후. 기다려 봐. 어, 여기……"

"오, 찾았다!"

"영상이네?"

약 3분이 지나고. 영상을 모두 본 세 사람이 아쉬운 탄성을 내뱉었다.

"아, 해체했네. 진짜."

"아쉽다."

"이제 못 보는 거야? 뭔가 재밌었는데……."

NPC와 유저들의 제대로 된 싸움. 흔치 않은 재미였다. 그래서 아쉬운 것도 사실이었고.

"뭐, 나중에 또 비슷한 전투가 있겠지. 이제 휴식은 다 취했으니까 다시 가자고."

왔던 길을 되돌아가 중간 보스, 헥터를 상대했다.

[경험치를 획득합니다.]

놈을 처리하고 떨어뜨린 수많은 보석과 사체 분해로 **뼈**를 챙겼다. 휴식을 취하고 리바이브로 되살린 헥터와 함께 보스 몬스터, 몽마를 상대했다. 보석을 얻고 뽑기를 시도했지만 이번에도 열쇠는 나오지 않았다.

"다시 가자고."

무수하게 반복하며 레벨을 올리고 소환수를 강화하고 다시 보석을 모았다.

어느새 죽음의 탑, 선두 그룹이 49층에 도달했다.

이제 무혁과 단 1층의 차이.

-허, 이거 따라잡히겠는데요?

-무혁 님이 50층에서 좀 오래 있기는 했죠.

-몬스터가 겨우 두 마리고……. 사냥도 힘드니까요.

-진짜 재수 없으면…….

-흐음, 역전 당할지도요ㅋㅋㅋ

-선두 그룹이 50층에 올라서 운 좋게 열쇠 먹어버리면 되긴 하네요

-과연 어떻게 되려나요ㄷㄷ

활발한 채팅이 순간 멈췄다.

-어, 나왔다!

-오, 우오!

드디어 열쇠가 나온 것이었다

-크, 따라잡히나 싶었는데ㅋㅋㅋ

-클리어 축하드립니다.

-축하해요!

-축하 쿠폰 투척!

무혁과 일행 모두 감격스러운 표정이었다.

"흐아, 진짜 지겨웠어."

"이제야 끝나네."

"자, 그러면 누가 열쇠 사용할래?"

"뭐, 같이 하면 되지."

"그럴까."

무혁이 열쇠를 넣었고. 그 위로 손을 얹었다.

끼리릭.

열쇠를 돌리자 탑이 진동하기 시작했다.

[죽음의 탑, 50층을 클리어하셨습니다.]

[죽음의 탑에 입장한 날짜와 클리어한 날짜를 계산합니다.]

[클리어 등급 : SSS]

[클리어 보상으로 특급 상자(3)가 지급됩니다.]

[클리어 보상으로 특급 상자가 지급됩니다.]

[극대량의 경험치를 획득합니다.]

[레벨이 상승합니다.]

[칭호 '행운이 극에 달한 자'를 획득합니다.]

[불가능한 수준의 업적을 달성합니다.]

[업적 포인트(250점)를 획득합니다.]

[카이온 대륙의 공헌도(3,000점)를 획득합니다.]

[카이온 대륙에 명성이 퍼집니다.]

[죽음의 탑이 사라집니다.]

[퀘스트 '죽음의 탑을 클리어하라'를 완료합니다.]

무수한 글귀와 함께 몸이 떠올랐다. 시야가 사라지고 정신을 차리니 어느새 죽음의 탑에서 빠져나와 버린 상태였다. 그건 무혁과 그 일행만이 아니라 다른 유저들도 마찬가지였다. 죽음의 탑 내부에 있던 유저들이 동시에 밖으로 튕겨 버린 것이다.

"하, 클리어해 버렸네. 결국, 무혁이겠지?"

"당연하잖아."

"쩝, 조금 아쉽네."

"아쉽긴, 겨우 20층이었는데."

"그런가."

일반 유저들은 혀를 찼고.

"이런, 빌어먹을……!"

"이제 곧 50층이었는데, 젠장!"

"으아아아아아악!"

49층에 있던 선두 그룹은 분노의 괴성을 내질렀다.

무혁과 일행은 조심스럽게 무리를 빠져나왔다.

"후, 걸렸으면 우리 PK당했을지도 모르겠다?"

"살벌하긴 하더라."

"주변을 훑어보는데 들킬까 봐 조마조마했어."

물론 지금은 그들과 멀어진 상태였다.

이제야 긴장이 풀렸고.

"크큭, 어우. 살 떨려 죽는 줄 알았네."

"나두!"

모두들 뒤늦게 미소를 머금었다.

"보상은 다들 봤지?"

"당연하지!"

"진짜 장난 아니더만."

"업적 포인트가 250점이던데? 근데 오빠, 이거 그거 맞지? 신전에서 사용하는 거?"

예린의 물음에 무혁이 고개를 끄덕였다.

"맞아."

"와, 나도 드디어 이걸 써보는구나."

무려 250점. 물리 공격력에 전부 투자하면 무려 83의 수치를 높일 수 있는 어마어마한 점수였다.

스탯에 전부 사용해도 16개를 올릴 수 있는 수준이었고.

"여기에 카이온 대륙의 공헌도랑 특급 상자까지."

"끝이 아니지."

"아, 칭호도 있었지?"

"와, 미쳤다, 진짜."

"시간이 엄청 걸리긴 했는데 그만큼 고생한 보람은 있네."

누구도 이 말에 반박할 수 없으리라.

진짜 대박이지.

다른 걸 다 떠나서 칭호가 특히나 끝내줬다.

[행운이 극에 달한 자]

행운이 필요한 모든 것에 대하여 긍정적인 확률 증가.

처음엔 소소하겠지만 쌓이다 보면 사기가 되어버리는 그런 칭호였다.

-에게, 칭호 뭐죠?ㅋㅋㅋ

-완전 별론데요?

-행운이 필요한 것? 확률 증가? 흐음?

-쓰레기네요.

-어, 전 좋아 보이는데…….

-저게요?ㅋㅋㅋㅋㅋㅋ

-보는 눈을 기르세요ㅋㅋㅋㅋㅋ

-어우ㄷㄷ

-아닌데, 좋은데…….

-그럼 어디에 좋은지 말씀 좀 해주세요ㅋㅋ

-으음, 그게…….

-거봐요. 말 못 하잖아요ㅋㅋ

-음, 강화……?

-에? 여기서 갑자기 왜 강화가 나와요?

-확률 증가니까요. 강화도 행운이 필요한 작업이잖아요?

-어, 그런가?

-말은 되네요.

-근데 그거밖에 없으면 별로 아니에요?

-그런가요?

-네, 뭐 강화 확률 높여주면 좋긴 하겠죠. 근데 그래 봐야 겁나 미세한 수준일 게 뻔하고. 다른 일에는 쓰일 곳이 없잖아요. 물론 없는 것보다야 낫긴 하겠지만, 죽음의 탑 50층을 클리어하고 얻은 칭호치고는 좀……

-흐음, 인정합니다.

물론 그 사실을 대부분의 방청자는 직감하지 못했다.

"에게, 칭호는 별거 없네."

그건 성민우도 마찬가지인 모양이었다.

"확률 증가? 행운? 뭐야, 이게."

예린과 김지연은 나름 심각한 표정이었다.

"민우 오빠."

"응?"

"이거 좋은 거 같은데?"

"이게 좋다고?"

"그게 말로 설명하긴 어려운데……."

"너도 감이 다 죽었구나."

"아니거든!"

"무혁아, 예린이 말에 대해서 어떻게 생각하냐?"

"칭호가 좋냐고?"

"어, 완전 별로지?"

"아니."

"뭐야, 여친이라고 편 드냐?"

"멍청아. 생각을 좀 해라, 생각을."

"생각했거든!"

"감이 안 오냐? 단순하게만 봐도 강화 성공 확률이 증가하는 거잖아."

"어······?"

"그게 끝이냐? 모든 행위에 대한 긍정적인 확률이잖아. 그럼 사체 분해에도 통한다는 소리겠지? 몬스터 뼈를 획득할 때, 더 좋은 성능을 지닌 뼈가 나오면 좋은 거니까."

"그, 그렇지."

"교체를 할 때도 이득이겠지? 소환수의 뼈를 뽑을 때는 스탯의 하락치가 낮아질 거고, 몬스터의 뼈를 심을 때는 스탯 상승치가 높아질 거라고. 퀘스트 보상도 좋아질 거야. 단순하게 경험치만 적혀 있다고 가정하자고. 칭호가 없을 때 10을 받았어. 그럼 칭호가 있으면?"

"아무래도 더 높게 받을 확률이······."

"그렇지. 제작도 마찬가지야. 용병 의뢰. 그리고 던전을 클리어했을 때의 보상 등, 전반적인 행위에서 얻게 되는 보상이 전부 격이 높아진다는 소리니까."

상세하게 설명해 주자 성민우, 예린, 김지연 모두의 눈이 커졌다. 뒤늦게 칭호의 가치를 깨달은 것이다.

"대, 대박이었구나, 이거."

"초대박이지."

"미친……!"

비단 세 사람만의 이야기는 아니었다.

-허얼, 칭호가 저런 의미였어요?

-저, 저도 몰랐네요ㄷㄷ

-솔직히 이 중에 저 칭호의 가치를 짐작한 사람은 있겠죠? 아까도 강화에 연관이 있을 거라고 누가 말했으니까요. 근데 다른 사항에서는 무혁 님처럼 구체적으로 언급할 수 없었을 거예요. 제대로 모르니까요.

-그러게요. 무혁 님이 확실히 생각이 좀 다르네요.

-저도 놀랐네요ㄷ

-어쩌면 우리한테도 좋은 아이템이나 뭔가가 있을지도 몰라요. 근데 우리가 모르는 것일 수도 있죠.

-진짜 그럴지도요…….

-이래서 똑똑한 사람이 게임도 잘한다는 거였군요ㅠㅠ

-하, 슬퍼지네요. 갑자기…….

-눙물이……ㅠㅠ

-아무튼, 대박 칭호 축하드립니다!

-크, 끝내주는 칭호였구만!

방청자들 역시 뒤늦은 깨달음에 감탄을 금치 못했다.

칭호에 대한 논란을 잠재운 후 속도를 높였다. 마우림 소도시를 향해서. 정신없이 달리는 와중에도 몇 가지 잡념이 이어졌다.

이제 2차 진화도 코앞이야.

무혁의 레벨 205. 스켈레톤은 200레벨이 되면 다시 한번 진화를 거치게 된다. 그러면 두개골을 착용하고 있는 소환수의 경우에는 한 마리가 상위 랭커 한 명과 견주어도 결코 밀리지 않는 수준으로 강해질 것이다. 어쩌면 그들을 상회할지도 모르고. 물론 포이즌 오우거나 설인과 같은 특별한 녀석들은 지금도 그들을 뛰어넘는 상태였지만.

"오빠."

"응?"

"다 왔어."

"어, 벌써 왔네. 퀘스트부터 받을까? 아니면 보상부터 확인할까."

"보상부터!"

"그럼 여관으로 가자."

마우림 소도시 내부로 들어와 근처 여관으로 향했다.

"방 하나 주세요."

"묵고 가시는 건가요?"

"잠깐만 쓰려고요."

"네, 2층 두 번째 방이고요. 가격은……."

값을 지불하고 방으로 들어갔다.

스윽.

곧바로 인벤토리에서 보상으로 얻은 특급 상자를 꺼냈다.

성민우와 예린, 그리고 김지연도 마찬가지였다. 그들은 기대로 얼룩진 표정을 숨기지 않은 채 상자를 열었다.

[직업을 확인합니다.]
[조폭 네크로맨서가 사용 가능한 스킬북을 획득합니다.]

무혁의 손에 책 한 권이 놓였다.
스킬……!
서둘러 무엇인지 확인해 봤다.

[전장의 광기]
광기를 내뿜어 전투에 임한 파티원 혹은 소환수들의 모든 능력치를 5퍼센트 상승시킨다. 반대로 광기에 취한 적대 유저나 몬스터는 움직임이 10퍼센트 하락한다.
제한 : 조폭 네크로맨서 전용.

일부 능력치도 아니고. 모든 능력치를 상승시켜 주는 스킬이었다.
"호오."
게다가 디버프 효과까지.
"오빠, 웬 책이야?"
"아, 스킬북이야."
"우와, 상자에서 스킬북이 나온 거야?"

"어, 운이 좋았네."

옆에 있던 성민우가 눈을 크게 떴다.

"대박. 스킬북이라니."

"넌?"

무혁의 물음에 성민우가 씨익하고 웃었다.

"나도 대박이지."

"오빠, 나두!"

"저, 저두요."

하나같이 뛰어난 아이템이 나왔다.

"그래, 이거 깨뜨린다고 얼마나 고생했는데. 이 정도는 솔직히 나와줘야지."

"맞아, 맞아."

"후, 아직 2개나 남았다고."

"열어보자."

"오케이!"

무혁은 상자를 열기 전에 스킬부터 익혔다.

[스킬 '전장의 광기'를 습득하셨습니다.]

웃으며 남은 2개의 상자를 연이어 개봉했다.

[두개골 상자를 획득합니다.]
[보물 지도를 획득합니다.]

그냥 두개골도 아니고 두개골 상자가 나왔다.

미친……!

보물 지도는 솔직히 눈에 들어오지 않았다. 보나 마나 숨겨진 장소를 찾아가서 또 귀찮은 과정을 거쳐야 그나마 획득이 가능할 것이기 때문이었다. 그렇기에 당장에는 두개골 상자만이 무혁을 행복하게 만들어줄 뿐이었다.

상자, 상자라.

조심스럽게 상자를 개봉했다.

[변종 미노타우르스의 두개골을 획득합니다.]
[푸른 리자드맨 대전사의 두개골을 획득합니다.]
[칸젤의 두개골을…….]

정확히 7개의 두개골이 나왔다.

"오오오……!"

보물 지도는 한번 살펴본 후 인벤토리에 넣어뒀다.

"끝내준다, 끝내준다고!"

"뭐야, 뭔데?"

"네가 상상도 못 할 아이템!"

"그니까 뭐냐고!"

"궁금하냐."

"어!"

각자 획득한 아이템을 확인하는 그들.

"우와, 너도 대박인데?"

"흠, 뭐. 오빠도."

"지연 님도……!"

"와, 언니. 엄청 좋다!"

"고, 고마워."

하나같이 만족스러운 표정들이었다.

나도 마찬가지겠지만.

"오빠, 오빠."

"응?"

"내 거 봤어?"

"아니."

"볼래? 이거 마법 대미지가 무려……."

무혁은 예린의 자랑을 한껏 들어줬다. 한참이나 수다를 떨던 예린이 입을 다물었다. 이제야 겨우 흥분을 가라앉힌 모양이었다. 물론 아직도 입가에 걸린 잔잔한 미소는 지워지지 않았지만 말이다.

"자, 이제 좀 냉정해지자고."

"으응?"

"아직 끝이 아니잖아?"

"뭔 소리야?"

"백호세가."

"아, 맞다!"

이제 백호세가로 향해 그들에게서 퀘스트 클리어에 대한 보상을 얻을 시간이었다.

밖으로 나온 무혁은 스켈레톤 7마리를 진화시켰다.

검뼈 2마리, 기마병 2마리, 활뼈 2마리, 메이지 1마리.

전력의 상승을 만끽한 후 백호세가로 향했다.

더 킹 길드와의 전투에서 압도적인 승리를 한 덕분인지 분위기가 나쁘지 않았다. 정문이 활짝 열린 것만 봐도 그런 사실은 짐작할 수 있었다. 게다가 그 문을 지키는 무인 역시 기세는 뿜고 있었으나 표정은 밝았다.

"무혁입니다. 가주님을……."

"아, 오셨군요."

"예?"

"혹여 찾아온다면 곧바로 안내하라는 지시를 받았습니다."

"아아."

"따라오시지요."

무인과 함께 세가의 내원으로 향했다.

가주, 백호운이 머무르는 곳. 그 근처에 위치한 접객실로 들어갔다.

"잠시만 이곳에서 기다려 주십시오."

"그러죠."

5분이 지나지 않아 백호운이 등장했다.

"자네, 왔군."

"네."

"허허, 이야기는 들었네. 죽음의 탑이 사라졌다고 하더군."

"맞습니다."

"부탁을 한 시기가 얼마 되지도 않았는데……."

"실은 전부터 공략하고 있었거든요."

"그랬군."

"저도 이야기 들었습니다. 더 킹 길드와 전쟁을 치르셨다고……."

"그랬지."

"피해 없이 승리하신 걸 축하드립니다."

"고맙네."

차를 한 모금 마신 그가 다시 말을 이어갔다.

"아무튼 부탁을 들어줘서 고맙군. 옆에 있는 분들은 동료인가?"

"맞습니다."

"그래, 그러면 모두에게 보답을 해야겠지. 생각해 보니 내가 자네들에게 줄 수 있는 게 몇 가지가 없더군. 뛰어난 무구를 줘도 되겠지만 그 역시 언제고 바꿔야 할 물건이 지나지 않으니 조금 더 오랫동안, 그리고 효율적으로 사용할 수 있는 제대로 된 무공을 알려주고자 하네. 괜찮겠나?"

이미 보상이 무공임을 알고 있던 상황.

무혁과 동료들은 고개를 끄덕였다.

"물론입니다."

"괜찮습니다."

"허허, 이방인들이 무구를 좋아한다는 건 알고 있네. 거기 자네."

"예……?"

성민우가 눈을 크게 떴다.

"그렇게 아쉬운 표정 짓지 말게나."

"저, 전혀 아쉽지 않습니다!"

"그런가?"

"예에……."

백호운이 부드럽게 웃었다.

"무공이라고 실망하지 말게나. 아주 괜찮은 걸 알려줄 테니."

죽음의 탑 50층 클리어. 이 퀘스트는 오직 한 팀만이 깰 수 있는 하드코어 미션이나 다름이 없다. 그 보상이 무공이라면 얼마나 뛰어날지는 바보가 아니라면 미루어 짐작할 수 있는 일이었다.

설마 성민우가 그 사실을 모를까마는, 단지 아이템이 더 갖고 싶었을 뿐이었으리라. 그러나 무혁만큼은 아이템을 얻는 것보다는 무공을 더 배우고 싶었다.

앞서 백호운이 언급했던 것처럼 아이템은 언제고 바꿔야 하지만 무공은 다르기 때문이다. 일종의 스킬이었으니까. 평생 사용할 수 있는 것은 물론이고 공격 스킬이 부족한 현재의 무혁에게 있어서 무공은 가뭄의 단비와도 같았다.

"그전에, 한 가지만 당부하겠네."

"네."

"이방인의 능력이 뛰어남은 알지만 이건 배우기가 쉽지 않을 것이야. 그러니 반드시 노력해야만 하지. 노력 여부나 습득 정도에 따라서 가르치는 방향 역시 달라질 것이야. 뛰어난 성과를 보인다면 더 좋은 무공을, 아니라면 부족한 무공을 얻게 될 것이네. 그리고 이 무공을 배우는 시간이 결코 짧지가 않으니 한동안은 세가에서 지내도록 하게."

그 말에 무혁이 동료를 처다봤다. 다들 괜찮다는 표정이었다.

"네, 그럼 한동안 신세 좀 지겠습니다."

"좋아, 따라오게."

백호운과 함께 뒤쪽 연무장으로 향했다.

후우웅.

불어온 바람은 시원했으나 거기에 깃든 열기는 뜨거웠다. 후끈함이 느껴질 정도였는데 덕분에 연무장의 위치를 파악할 수 있었다. 예상했던 곳에 위치한 연무장. 그곳에는 이미 다수의 무인이 수련에 열을 올리고 있었다.

"멋지군요."

"많이들 부족하지."

그 부족함은 백호운의 기준일 뿐.

허, 저 무인도 엄청난데?

무혁의 입장에서는 완전히 달랐다.

움직임이……!

저들 중에서 두세 명의 경우, 움직이는 모습을 눈으로 좇아가기도 버거웠다. 스켈레톤을 소환해서 싸운다고 하더라도 승리를 장담할 수 없을 것 같았다.

괴물들이군, 진짜.

포르마 대륙에도 이런 곳이 있을까?

아마도 있으리라. 다만, 발견하지 못했을 뿐.

저벅.

그때 저 멀리서 중년의 무인이 다가왔다. 영상에서 본 호법이었다.

"원호야."

"예."

"이들에게 내가 전에 일러줬던 무공을 가르치도록."

"알겠습니다."

백호운이 무혁을 쳐다봤다.

"좌호법, 백원호라고 하지. 열심히 배우게."

"예, 감사합니다."

그가 떠나고 백원호가 넷을 쳐다봤다.

"따라오시죠."

도착한 곳은 연무장의 구석진 자리.

"지금부터 무공을 가르칠 생각입니다. 세가 무인을 가르친다는 마음으로 임할 것이니 그대들도 최선을 다해주길 바랍니다."

"알겠습니다."

"그럼 이제부턴 스승의 자격으로 말을 놓도록 하겠다. 가장 먼저 내공이 무엇인지에 대해 알아보겠다. 내공이란……."

좌호법 백원호의 지루한 설명이 이어지고.

"이제 차례대로 내공이 무엇인지 몸으로 겪어보겠다. 가장 먼저, 무혁."

"네."

"이곳으로 와서 정좌하도록."

자리에 앉으니 좌호법이 등에 손을 대었다.

후-우-웅.

몸속으로 침투하는 부드러운 기운.

[내공을 느낍니다.]

메시지가 떠오르지 않았어도 알 수 있었다.

이게 내공이라는 것을.

"느꼈나?"

"네."

"몸 곳곳을 돌아다닐 테니 순서를 기억하도록."

"알겠습니다."

전신을 휘도는 기운이 너무나 명확해서 어디로 흐르는지 더욱 뚜렷했다. 이 뚜렷함의 길을 외우는 건 그리 어렵지 않았다.

"잘 기억했나?"

"예."

"좋아, 다음."

성민우와 예린, 김지연도 차례대로 내공의 길을 외웠고 그제야 첫 번째 무공인 심법을 배울 수 있게 되었다.

"이름은 소호심법이다."

작은 호랑이의 심법이라는 뜻일까.

"백호세가의 가장 기본 심법이다. 이걸 얼마나 익히느냐에 따라서 앞으로 배울 무공이 달라질 것이다. 그러니 최선을 다하도록. 먼저 소호심법의 구결은……."

구결은 꽤나 복잡했다.

간신히 외운 후 겨우 수련에 임할 수 있었다.

대략 2시간 정도를 집중했을 즈음 부드러운 기운이 단전에 자리를 잡았다.

[소호심법을 익히셨습니다.]

[소호심법 : 1성]

[새로운 에너지, 내공을 습득합니다.]

[1번. 내공을 MP로 전환하여 사용할 수 있습니다.]

[2번. MP를 내공으로 전환할 수 있습니다.]

[3번. 내공과 MP, 두 가지를 모두 사용할 수 있습니다.]

갑작스러운 선택지였다.

흐음.

내공과 MP를 모두 사용하는 것이 좋아 보이긴 했지만 그러려면 심법을 꽤 오랫동안 수련해야 할 것이 분명했다. 강화, 제작, 요리, 소환수, 무혁 본인. 신경 써야 할 게 많은 상황이라 사실 내공 수련까지는 버거웠다. 그렇다고 MP를 내공으로 바꾸는 미친 짓 역시 하고 싶지 않았다.

남은 건 결국 하나. 내공을 MP로 바꾸자.

짧은 고민을 그치고 1번을 선택했다.

[내공이 MP에 포함됩니다.]

[MP를 소모해 내공과 관련된 스킬을 사용할 수 있게 되었습니다.]

[심법을 수련할 경우 MP가 증가합니다.]

마지막 문구는 생각지 못했던 부분이었다.

오우, 개이득.

그런 생각과 함께 고개를 들었다.

"1성, 익혔습니다."

"그래?"

좌호법의 눈이 가늘어졌다.

생각보다 빠르군.

성민우와 예린, 김지연은 아직 눈을 뜨지 않고 있었다. 비단 그들이 아니라 무인들과 비교해도 결코 느리지 않은 속도였다.

재능이 있어.

속마음을 숨긴 채 고개를 끄덕였다.

"동료들이 눈을 뜨기 전까지 좀 더 수련하도록."

“네.”

눈을 감고 다시 심법 스킬을 사용했다.

[소호심법을 운용합니다.]

대략 10분이 지났을 무렵.

[MP(1)가 상승합니다.]

눈을 감고 있어서 확인할 순 없었지만 메시지는 분명히 떠오르고 있었다.

두 번째로 예린이 눈을 떴다.

“저, 1성을 익힌 거 같아요.”

“고생했다.”

“고맙습니다!”

다음은 성민우. 마지막이 김지연이었다. 그때까지도 눈을 뜨지 않는 무혁을 바라보며 성민우가 오랜만에 득의양양한 표정을 지었다.

“크, 오랜만에 내가 이겼네.”

“그게 좋아?”

“그럼. 이런 거라도 이겨봐야지.”

그 말에 좌호법이 피식하고 웃었다.

“다들 감은 잡았나?”

"예!"

"어느 정도는요."

"좋아, 소호심법을 수련하는 동안에는 내가 더 이상 봐줄 게 없군. 그러니 한동안은 그대들끼리 수련에 임하도록. 적당히 시간이 흐르면 찾아와서 수련의 성과를 볼 것이네. 그 성과에 따라 배울 무공이 달라지니 집중하도록 하게나."

"네!"

"으음, 성과라……."

백원호가 자리를 떠나고 남은 셋이 표정을 살짝 찌푸렸다.

"얼마나 있어야 하려나?"

"1주?"

"흐음, 뭐 상관은 없지만 겨우 올린 랭킹이 내려가겠네."

"괜찮아. 지금 좋은 무공 하나 배워두면 앞으로 훨씬 이득일 거야. 그렇지, 언니?"

"으응, 그럴 거 같아."

"거봐, 언니도 내 말에 동의하잖아."

"그렇다면야. 그보다……."

성민우의 시선이 무혁에게서 멈췄다.

"이 녀석은 오래도 하네."

"그러게. 우리 오빠가 무공에는 조금 재능이 없나……?"

걱정스러운 표정의 예린.

번쩍.

마침 눈을 뜬 무혁이 고개를 들었다.

"어, 뭐야? 다들 깼네?"

"어, 네가 제일 꼴찌야. 너 무공에는 영 젬병인가 보다."

"뭔 소리야."

"우리 다 1성이라고, 인마. 너 혼자 이제 눈 뜬 거고."

그제야 이들이 오해하고 있음을 깨달은 무혁.

"크큭."

괜히 웃음이 새어 나왔다.

"뭐야, 왜 웃어?"

"내가 이제 1성에 도달했다고 생각하는 거냐, 지금?"

"그럼?"

"난 1성하고도 이미 73프로다만?"

"어? 뭐라고⋯⋯?"

"오빠, 어떻게 된 거야?"

"아아, 나 1성 끝냈는데 아무도 눈을 안 뜨기에 지루해서 조금 더 한 거야."

"허얼."

"와, 대박⋯⋯!"

"아, 그래서 아까 좌호법 님이 웃었던 거구나."

"맞네, 이런."

"창피해!"

무혁이 천천히 몸을 일으켰다.

"그러고 보니 좌호법 님은?"

"어, 일이 있다고 일단 소호심법 수련하라던데?"

"언제까지?"

"그런 얘기도 딱히 없었어. 그냥 나중에 와서 검사할 거래. 그때 성과에 따라서 무공 배우는 게 달라지나 봐."

"흐음."

잠시 고민하던 무혁이 자리에 다시 앉았다.

"그럼 다시 수련이나 해야겠다."

"으, 난 너무 지루하던데."

"오빠, 나두."

"뭐, 세가 구경해도 되고. 나가서 사냥해도 되고. 한동안은 각자 움직여 볼까?"

"오, 그것도 괜찮지."

"음, 나도 찬성. 좀 놀다가 와서 수련하고. 그러면 되겠다!"

"지연 님은 어때요?"

"저, 저도 좋아요."

"자, 그럼 다 동의했으니까 무공 전부 배우기 전까지는 알아서들 행동하자고."

"오케이!"

"그렇다고 너무 놀지는 말고."

"당연하잖아. 성과에 따라서 무공의 급이 달라지는데."

"맞아, 그 정도야 기본이지."

"그래, 그럼 난 다시 집중할게."

"독한 놈."

무혁이 자리에 앉아 수련에 임하는 모습을 바라보던 예린.

그녀도 고민을 접고 자리에 주저앉았다.

"나도 조금만 더 수련할래. 언니는?"

"응, 나, 나두."

"그럼 조금 있다가 같이 세가 구경하자."

"좋아."

그에 성민우가 투덜거렸다.

"하, 이런 분위기에 나만 갈 수도 없고."

그 역시 한숨과 함께 자리에 앉았다.

이윽고 다시 시작된 수련. 무서울 정도로 빠르게 심법에 집중하는 네 사람이었다. 바보가 아닌 이상 소호심법의 성과가 얼마나 중요한지 알 것이고 그렇기에 다음이면 몰라도 지금만큼은 휴식을 최소화해야 함을 모두가 인지하고 있었다.

소호심법을 수련하는 건 힘들지 않았다. 생각보다 잘 올라 이제 겨우 만 하루가 지난 시점에 벌써 7성까지 달성했으니까.

그사이 상승한 MP만 100에 가까웠다.

[MP(1.7)가 상승합니다.]

10분에 1.7, 1시간이면 11.2였다. 심법의 레벨이 높아질수록 증가하는 MP가 0.1씩 상승했다.

뭐, 딱히 필요는 없지만 그래도 낮은 것보다야 높은 게 더 좋은 법. 이런 소소한 보상이라도 있기에 그나마 버티면서 수련에 임할 수 있었다. 아니었으면 포기했을지도 모를 일이었다. 솔직히 이렇게 하루 종일 심법만 수련하는 게 얼마나 지루하고 고된 일인지 직접 경험하지 못하면 쉽게 이해할 수 없을 것이다. 게다가 최대한 잡념을 버리고 내공의 움직임에 집중해야 하는데 그 피로감 역시 가볍지 않았다.

무엇보다도…….

흘러가는 시간이 참으로 아까웠다.

어제 사냥했더라면?

적어도 경험치를 5퍼센트는 올렸을 것이다.

무공을 안 배울 수도 없고..

상념이 머리를 어지럽히는 순간.

[내공의 움직임을 놓쳤습니다.]
[소호심법이 강제로 중지됩니다.]

전신을 휘돌던 기운이 사라졌다.

"아……!"

소호심법이 깨어졌음을 깨달은 무혁이 눈을 떴다.

후, 힘드네.

집중력이 하락한 지금 상태에서는 굳이 더 수련을 해봐야 효율이 나올 것 같지 않았기에 세가를 잠깐 돌아다녔다. 그러다 작은 연못을 거닐고 있는 백호세가의 가주, 백호운과 눈이 마주쳤다.

"오, 자네군."

"아, 네. 여기서 뵙네요."

"기왕 만난 거, 잠깐 걷지."

얼떨결에 그와 산책을 하게 되었다.

"요즘 자네의 이름이 곳곳에 울리더군."

"아, 그런가요?"

아무래도 죽음의 탑을 깨뜨린 탓이리라.

홀로그램에 나왔었지. 명성이 카이온 대륙에 퍼졌다고.

"많은 이가 자네를 노릴 것이야."

"예? 노린다는 건……?"

"자네가 지니고 있는 공헌의 힘."

공헌도를 말하는 것인가.

이걸 언급해? 아니, 언급할 수 있는 거였어?

순간 백호운이 아주 중요한 정보를 말하리란 생각이 들었다. 자연스럽게 손이 올라가며 일루전TV를 끄게 되었다. 방청자들이 욕을 할지도 모를 일이지만 그것보다는 백호운의 정보를 먼저 듣고 어느 정도의 가치가 있는지 파악하는 게 우선이었다.

"우리는 자네들이 지닌 공헌의 힘에 걸맞은 무언가를 주고, 자네들은 그 대가로 공헌의 힘을 건네지. 그럼 우리가 왜 공헌의 힘을 얻으려는지 아는가?"

그건 생각해 보지 않은 문제였다.

"잘 모르겠습니다."

"이방인이 나타나고, 우리에게도 기이한 능력이 주어졌다네."

처음 듣는 정보. 백호운의 말에 집중하게 되었다.

"공헌의 힘을 흡수할 수 있는 능력. 그 힘은 우리를 보다 강하게 만들어주지."

"그 말은……."

"자네들과는 다르지만 우리도 분명 수련을 제외한 것으로 보다 강해질 수 있게 되었다는 소리일세. 이방인이 나타나기 전까지만 하더라도 수련과 실전 경험만으로 강해졌지만 자네들이 나타난 후로는 공헌의 힘을 얻으면서 보다 쉽게, 그리고 보다 더 큰 힘을 손에 넣을 수 있게 되었으니까. 그 탓에 수련은 등한시하는 반면 욕심은 넘치는 자들이 다수 생겨났지. 그들은 오직 자네들이 지닌 공헌의 힘만을 노리고 있다네. 어쩌면 평온한 미소의 가면을 쓴 채로 접근할지도 모르는 일이고. 아니, 이미 괴물들이 각 제국에 득실거릴지도 모르지."

이건 정말 천금 같은 정보였다.

"내가 왜 이런 말을 하는지 아는가?"

무혁은 고개를 저었다.

"부디 올바른 곳에 그 힘을 사용하길 원해서이네. 세상엔 생각보다 잔인하고 또 욕망 넘치는 자가 많거든. 그러니 그들을 피해, 좀 더 괜찮은 자들에게 공헌의 힘을 사용해 주면 좋겠군. 그래 줄 수 있겠나?"

그 순간 퀘스트가 떠올랐다.

[공헌도를 올바르게 사용하라.]

[욕심 많은 NPC들을 피해 정의로운 NPC에게 공헌도를 사용할 것.]

[성공할 경우 : 공헌도 20퍼센트 추가.]

[실패할 경우 : 백호세가와의 친밀도 하락.]

쉽잖아, 이거.

곧바로 백호운을 쳐다봤다.

"그러도록 하겠습니다."

"고맙군."

"지금 바로, 그 공헌의 힘을 사용해도 되겠죠?"

"음? 그게 무슨……."

카이온 대륙 자체의 공헌도이기에 다른 대륙만 아니라면 어느 곳에서라도 사용할 수 있었다. 그 의미를 백호운이 알아차렸는지 미간을 살짝 찌푸렸다.

"미안하군. 안타깝지만 우리는 그 힘을 썩 좋아하지 않는다네. 그러니 자네에게서 공헌의 힘을 받아들일 순 없을 것 같군."

"왜죠?"

"수련만으로도 충분히 강해질 수 있다고 생각하기 때문이지."

"그럼 더더욱 문주님의 말과 일치하네요. 욕심이 없고, 보다 정의로운 곳에 공헌의 힘을 쓰라고 하지 않았습니까? 전 지금 여기서, 백호세가에 쓰겠습니다. 받아주지 않으시면 저도 이 힘을 어디에 사용하게 될지 장담할 수가 없습니다. 앞으로 벌어질 일이라는 건 아무도 모르는 법이니까요. 확실한 게 눈앞에 있는데 놓칠 순 없죠. 안 그런가요?"

"……."

백호운이 무혁을 빤히 쳐다봤다. 그의 말에 틀린 부분은 없었다.

"허허."

이내 실소를 머금었다.

"이거, 내가 당해 버렸군."

동시에 퀘스트가 클리어되었다.

[퀘스트 '공헌도를 올바르게 사용하라'를 클리어하셨습니다.]
[보상으로 카이온 대륙의 공헌도가 20퍼센트 상승합니다.]
[획득 공헌도 : 600점.]

기존에 지니고 있던 3천, 추가로 600점.

총 3,600점이 되어버렸다.

"지금 바로 사용해도 되나요?"

"어쩔 수 없지. 무엇을 원하나?"

가장 먼저 떠오른 건 창고였다. 순백의 팔찌와 순흑의 팔찌를 얻은 바로 그 창고.

"창……."

말을 하려는 순간 무언가가 스쳤다.

잠깐, 무공도 되려나?

"아니, 그, 혹시 무공도 되나요?"

"무공?"

"네."

"흐음, 무공이라……."

잠깐 고민하던 백호운이 고개를 끄덕였다.

"소호심법은 수련하고 있겠지?"

"하고 있어요."

"수련부터 마무리하게. 그러면 걸린 시일과 습득한 정도를 따져 알맞은 무공을 가르칠 것이네. 더 좋은 것을 원한다면 그때는 공헌의 힘을 사용해서 다른 무공을 살펴봐도 좋네."

무혁이 고개를 끄덕였다.

"감사합니다. 그럼 다시 수련하러 가야겠네요."

"고생하게."

인사를 하고 서둘러 연무장으로 돌아왔다.

성민우와, 예린, 그리고 김지연.

세 사람 모두 수련에 집중하고 있었다.

나도 다시 해볼까.

자리에 앉은 무혁이 눈을 감았다.

[소호심법을 운용합니다.]

스킬의 경험치가 차오르기 시작했다.

제5장
어울리는 스킬

좌호법 백원호가 돌아왔을 때.

으, 안 돼.

방금 전 확인했을 때만 해도 소호심법은 11성에 98퍼센트였다.

조금만 더……!

정말 약간의 시간만 더 주어진다면 12성이 가능하다. 대성이 되는 것이다. 그러면 가장 뛰어난 무공을 익힐 수 있으리라.

제발!

그때 수련 중인 이들을 보던 백원호가 입을 열었다.

"열심히 수련 중이군."

그 순간 1퍼센트가 올라 99퍼센트가 되었지만 무혁은 그 사실을 알지 못했다.

"자, 여기까지다. 모두 눈을 뜨도록."

무혁은 애써 무시했다.

지금 끝나 버리면 너무 아쉽다고!

"어서 눈을 뜨도록."

무시한 채 집중력을 끌어올렸다.

그러는 사이.

"후아."

성민우와 예린, 김지연은 백원호의 말대로 눈을 떴다.

마지막으로 남은 사람은 무혁.

성민우가 무혁에게 다가가려고 할 때.

"되었다."

"네?"

"일단 그냥 두도록."

두 번이나 지시했음에도 듣지 않는다면 중요한 고비에 들어섰다는 의미. 백원호는 그 정도 융통성은 발휘할 줄 아는 자였다.

"먼저 자네들의 수준을 확인하도록 하겠네."

"아, 네."

백원호가 성민우의 수준을 가늠했다.

"흐음, 10성이군."

"맞습니다."

"두 사람은 9성이고……."

예린과 김지연은 각각 9성이었다.

그 사이.

변화를 느낀 무혁이 드디어 눈을 떴다.

[소호심법을 대성하셨습니다.]
[보상으로 MP가 100 증가합니다.]

12성을 달성하는 순간이었다.

좌호법, 백원호의 미간이 꿈틀거렸다.

호오.

느껴지는 기세만으로도 무혁이 소호심법을 대성했음을 깨달았다.

재능이 있어, 확실히.

아무리 이방인이라고는 하지만 소호심법을 대성하는 건 결코 쉽지 않은 일이다. 게다가 이렇게 빨리 대성하기 위해서는 몸을 흐르는 내공을 세세하게 느낄 수 있는 감각이 필요했으며 또한 그것에 몰두할 수 있는 지독한 집중력도 필요했다.

"자네는 대성했군."

"네."

"좋아, 이제 수준에 맞는 무공을 전수할 생각이라네. 그전에 소호심법을 9성까지 익힌 두 사람에게는……"

예린과 김지연이 백원호를 쳐다봤다.

"중급의 경공술과 소호보법, 그리고 소호검법을 전수하겠다."

곧바로 성민우에게 시선을 옮겼다.

"10성을 익힌 자네에게는 중상급의 경공술과 진소호보법, 그리고 진소호검법을 전수하겠다. 마지막으로 대성을 익힌 무혁."

"네."

"자네는 최상급의 경공술과 백호보법, 그리고 백호검법을 익힐 것이다."

백원호의 말은 거기서 그치지 않았다.

"한 가지 더. 가주님께서 특별히 사정을 봐주셨네. 자네들이 지니고 있는 공헌의 힘을 사용할 경우 보다 좋은 무공, 혹은 새로운 무공을 익힐 수 있도록 도와주라고 하더군. 관심 있는 자가 있는가?"

성민우가 고개를 갸웃거렸다.

"공헌의 힘이요?"

"그렇다네. 아마도 자네들이 죽음의 탑을 깨뜨리고 그 힘을 얻었을 거라 추측하네."

"아……!"

네 사람이 서로를 쳐다봤다.

무혁이 낮게 중얼거렸다.

"공헌도를 쓸 수 있다는 소리야. 물론 무공이 아니라 아이템도 얻을 수 있겠지만."

기다리던 백원호가 다시 물었다.

"다시 묻지. 관심 있는 자가 있는가?"

그에 무혁이 질문했다.

"저는 소호심법을 대성했는데도 더 좋은 무공도 익힐 수 있습니까?"

"안타깝지만 외인에게 알려줄 수 있는 최고의 무공이 백호검법과 백호보법일세. 자네는 더 좋은 무공은 익힐 수 없네."

"그럼 새로운 것만 되겠군요?"

"맞네."

"새로운 무공이 어떤 건지 확인해 보고 싶은데요."

"가능하네. 다른 자들은?"

예린과 김지연은 고개를 저었다. 아무래도 근접전을 펼칠 일이 드문 두 사람인지라 중급 경공술과 소호보법, 그리고 소호검법이면 충분하다고 여기는 모양이었다.

남은 공헌도로는 아이템을 얻고 싶으리라.

반면에 성민우는 제대로 결정을 내리지 못하는 상태였다. 근접에서 전투를 치르는 만큼 보다 괜찮은 무공을 익히는 게 좋겠다 싶으면서도 혹시나 익히게 될 무공이 쓸모가 없을지도 모른다는 걱정이 들었기 때문이다.

그때 무혁이 한마디 거들었다.

"민우야."

"으, 응?"

"웬만하면 익혀. 더 좋은 걸로."

순식간에 고민이 사라졌다.

"하, 그래. 네가 추천한다면야."

무혁은 무공의 파괴력을 알고 있다. 아니, 설혹 모른다고 하더라도 백호세가의 가주와 호법, 그리고 무인들을 보면 추측할 수 있지 않은가.

그들이 증거라고 봐도 과언이 아니었다. 좋은 무공을 익혀 수련을 꾸준히 한다면 수련만으로도 저들처럼 강해질 수 있는 것이다. 사실상 따라잡는 게 아니라 뛰어넘을 가능성이 아주 높았다. NPC가 아닌 유저이기에 시스템의 도움을 받을 것이기 때문이었다.

"후회 안 할 거야."

"오케이."

그렇게 결정을 내렸고 이후는 일사천리였다. 모두들 각자에게 맞는 무공에 대한 가르침을 받았다. 스킬북이 아닌지라 아직 스킬로 습득이 되진 않았지만 적당한 수련을 거치면 스킬처럼 습득할 수 있을 것이다.

"자네는 날 따라오도록."

"아, 네."

남은 셋이 수련에 임할 때, 무혁은 무공서가 즐비한 전각에 들어섰다.

"충분히 살펴보고 선택하게나."

"알겠습니다."

백원호가 떠나고 감시하는 무인과 무혁, 둘만 남았다. 무혁은 가장 가까운 곳에 위치한 무공서 하나를 꺼냈다.

[팔괘창술]

여덟 방위를 단숨에 공격하는 변화무쌍한 세 가지 초식이 담겨 있다.

등급 : 중상

[필요 공헌도 : 1,200]

창술이었기에 곧바로 내려놓았다.

다음 건 도법. 그렇게 몇 가지 무공을 지나치고.

"호오?"

발견한 궁술에 절로 표정이 밝아졌다.

[파천궁술]

하늘을 꿰뚫어버린다는 의미로 강력한 힘이 깃든 세 가지 초식
이 담겨 있다.

등급 : 최상

[필요 공헌도 : 2,800]

이미 백호보법과 백호검법을 배운 상태다.

최상급의 경공술까지.

그러니 검법이나 보법은 볼 필요가 없었다. 애초에 찾던 것
도 궁술이었는데 마침 최상급 궁술을 발견했다.

더 볼 필요가 없잖아?

필요 공헌도가 2,800이긴 하지만 아껴봐야 의미도 없었기
에 결정을 내렸다.

좋아, 구매.

공헌도 2,800이 사라지고 책 한 권이 손에 들어왔다.

"이걸로 정했습니다."

"이쪽으로."

무인과 함께 연무장으로 향해 백원호에게 책을 보여줬다.

"파천궁술을 택했군."

"네."

"활도 다룰 줄 알았나 보군."

"조금요."

"좋아, 그러면 파천궁술에 대해 알려주겠네."

"아, 괜찮습니다."

"음? 무슨 소리인가?"

"이건 저 혼자서도 익힐 수 있어서요."

"이방인의 힘인가?"

"네."

"백호검법도 마찬가지인가?"

"그건 아닙니다."

"책이 필요한 모양이군?"

"맞습니다."

"그러면 남은 건 수련뿐이군. 익히다가 모르거나 헷갈리는 게 있으면 언제든 물어보도록."

"네."

대답과 함께 동료에게 다가갔다. 그들은 이미 수련에 심취한 상태였기에 굳이 말을 걸지 않았다. 대신, 파천궁술 무공서를 펼쳤다.

[무공 '파천궁술'을 익혔습니다.]

곧바로 3초식에 관한 정보를 확인했다.

[파천궁술 1Lv(0%)]

1초식 : 일점사.

내공을 소모하여 물리 공격력의 120퍼센트에 해당하는 파괴력을 지닌 화살 일곱 대를 순식간에 쏘아 보낸다.

쿨타임 : 12초.

필요 내공(MP) : 200.

쿨타임이 돌아오지 않더라도 강제로 사용할 수 있다. 다만 기존 내공의 3배가 소모된다.

2초식 : 무음사.

소리도, 형태도 없다. 오직 내공으로만 이뤄진 화살을 쏘아 보낸다. 물리 공격력의 190퍼센트 해당하는 파괴력을 지닌다.

쿨타임 : 15초

필요 내공(MP) : 300.

쿨타임이 돌아오지 않더라도 강제로 사용할 수 있다. 다만 기존 내공의 4배가 소모된다.

3초식 : 파천사.

엄청난 내공을 주입해 압도적인 강함을 선사한다. 물리 공격력의 290퍼센트에 해당하는 파괴력을 지닌다.

쿨타임 : 30초.

필요 내공(MP) : 500.

쿨타임이 돌아오지 않더라도 강제로 사용할 수 있다. 다만 기존 내공의 5배가 소모된다.

무혁의 표정에 경악이 어렸다.

미친……!

1초식부터 범상치가 않았다. 아니, 그건 차라리 이해가 가능한 수준이었다. 하지만 2초식부터는 사기라는 소리가 절로 나올 지경이었다. 무음사의 경우, 루돌프를 상대해 봤기에 얼마나 까다로운지 추측할 수 있었다.

그러나 3초식은? 1레벨인데 290퍼센트라고?

저 압도적인 파괴력.

더 놀라운 건 각 초식마다 하단에 새겨진 글귀였다. 비록 3배에서 5배의 MP가 소모되겠지만 위급한 상황에서는 목숨 하나를 구할지도 모른다. 정말 공헌도가 조금도 아깝지 않았다.

잠깐. 그럼……?

순간 기대감이 솟구쳤다. 백호검법은 어느 정도 수준일까.

"후우."

수련에 대한 욕구가 강하게 피어올랐다.

백원호가 알려준 경로를 따르며 경공술과 백호 보법, 그리고 백호검술을 수련했고.

[최상급 경공술을 익혔습니다.]
[백호보법을 익혔습니다.]
[백호검법을 익혔습니다.]

이틀을 투자하고서야 겨우 스킬로 습득할 수 있었다.

"후우, 끝났다."

"와, 벌써?"

"응, 넌?"

"하아, 나도 검법만 익히면 되는데."

예린과 김지연은 무혁보다 더 빨리 익혔다. 아무래도 소호 검법과 보법의 난이도가 더 쉬울 수밖에 없었으니까.

"오빠."

"어?"

"백호검법은 초식이 어때?"

"한번 확인해 볼게."

강한 기대감과 함께 스킬을 살폈다.

[최상급 경공술 1Lv(0%)]

최소한의 내공 소모로 먼 길을 빠른 속도로 이동하게 해준다.

힘과 민첩이 높을수록, 그리고 내공을 보다 많이 주입할수록 속도가 빨라진다.

　쿨타임 : 없음.

　필요 내공 : 초당 1에서 20까지.

　[백호보법 1Lv(0%)]

　호랑이의 움직임을 본떠서 만든 보법으로 인간에게 맞게 개량이 되었다. 24방위를 움직일 수 있는 몸놀림으로 이뤄졌으며 보법을 사용하는 동안에는 회피률이 올라가며 또한 상대방의 빈틈을 보다 쉽게 찾을 수 있게 된다.

　쿨타임 : 없음.

　필요 내공 : 초당 10.

　[백호검법 1Lv(0%)]

　1초식 : 백호결.

　물리 공격력의 130퍼센트에 해당하는 힘으로 동시에 여덟 방위를 점한다.

　쿨타임 : 17초.

　필요 내공(MP) : 250.

　쿨타임이 돌아오지 않더라도 강제로 사용할 수 있다. 다만 기존 내공의 3배가 소모된다.

　2초식 : 백호파.

빠른 속도로 연속된 공격을 가한다. 각 공격은 물리 공격력의 115퍼센트에 해당하는 파괴력 지닌다.

쿨타임 : 25초.

필요 내공(MP) : 350.

쿨타임이 돌아오지 않더라도 강제로 사용할 수 있다. 다만 기존 내공의 4배가 소모된다.

3초식 : 백호참.

응축된 내공이 검을 따라 뻗어 나간다. 절삭력이 기하급수적으로 증가하며 물리 공격력의 250퍼센트에 해당하는 파괴력을 지닌다.

쿨타임 : 40초.

필요 내공(MP) : 600.

쿨타임이 돌아오지 않더라도 강제로 사용할 수 있다. 다만 기존 내공의 5배가 소모된다.

경공술은 예상했던 그대로였다. 다만 보법의 24방위를 움직이는 몸놀림과 검법의 3초식은 설명만으로는 상상이 잘되지 않아서 확인해 보고 싶은 마음이 컸다.

여기서는 좀 그렇고.

무혁이 예린을 쳐다봤다.

"음, 설명이 좀 애매한데?"

"그래?"

"어, 이참에 우리가 배운 무공이 어떤지 확인도 할 겸, 몬스터나 잡으러 가볼까?"

"좋아!"

그때 성민우가 손을 들었다.

"어어, 야. 조금만 기다려 줘. 나도 검법만 배우고 같이 가자."

"언제 배울 줄 알고."

"10분, 10분만!"

"흐음, 좋아."

10분이라는 제한.

덕분일까.

성민우의 집중력이 최고조에 달했고.

정확히 9분이 흘렀을 즈음.

"배, 배웠다!"

성민우가 백호검법을 익혔다.

"크, 내가 이 정도라고!"

"그래, 꼴찌로 배운 아주 대단하신 분. 어서 무공이나 확인하러 가시죠."

네 사람은 먼저 백원호를 찾아갔다.

"몬스터를 상대로 무공을 사용해 보겠다는 거군."

"네, 맞습니다."

"그리고 그 말은 이미 무공을 익혔다는 것이고."

"네."

백원호가 고개를 끄덕였다.

"알겠네, 다녀오게나."

인사를 마치고 180레벨 몬스터가 나오는 사냥터로 이동했다.

"다 왔어."

"나랑 언니부터 할게!"

"그래."

예린과 김지연이 소호보법과 소호검법을 사용해 몬스터를 사냥했고 성민우와 무혁은 혹시 모를 상황에 대비해서 둘을 지켜봤다. 여유롭게 몬스터를 사냥하는 모습에 안도감이 올라왔고 소호보법과 검법이 생각보다 더 대단하다는 걸 확인하며 흡족해졌다.

"후우, 끝났다!"

예린과 김지연이 돌아왔다.

"그럼 우리도 확인해 봐야지?"

"그래야지."

성민우와 무혁이 앞으로 나섰다.

성민우는 오른쪽으로 무혁은 왼쪽에 있는 세 마리의 몬스터를 향해 천천히 다가갔다.

먼저 궁술부터.

허리에 꽂힌 일몰하는 장검을 뽑아낸 후 변형시켜 활로 바꿨다. 화살을 손가락 사이에 꽂아 넣고 한 대만 시위에 걸었다.

파천궁술 제 1초식, 일점사.

스킬이 발동되자 손이 절로 움직이기 시작했다. 한 대의 화살이 시위에서 벗어나 속도를 드높이는 찰나의 순간. 어느새 시위에 걸린 또 다른 화살이 손을 떠났다. 세 번째 화살 역시 그 뒤를 쫓았고.

팡, 파바방!

그렇게 일곱 대의 화살이 마치 열차처럼 이어진 채 몬스터에게 쏘아졌다.

푸욱.

첫 번째 화살이 몬스터의 가슴에 박혔고 두 번째 화살은 박힌 화살의 꼬리를 눌렀다. 충격에 첫 번째 화살이 보다 깊게 들어갔다. 세 번째, 네 번째, 그리고 다섯 번째 화살이 다시 충격을 주면서 첫 번째 화살은 결국 놈의 가슴을 완전히 꿰뚫어 버렸다. 여섯 번째, 일곱 번째 화살은 꿰뚫린 곳을 그대로 통과해 버렸고.

[1,440의 대미지를 입힙니다.]×4
[크리티컬이 터졌습니다.]
[2,880의 대미지를 입힙니다.]

8,000이 조금 넘어가는 대미지를 입혔다.

풍폭을 쓰지 않고서 말이다.

이 정도면 꽤나 만족스러운 수준이었다.

풍폭까지 사용한다면?

무혁은 손에 걸린 일곱 대의 화살 전부에 풍폭을 걸었다.

파천궁술 제 1초식, 일점사.

스킬을 사용하자 메시지가 떠올랐다.

[스킬을 강제로 사용하셨습니다.]
[450의 MP가 소모됩니다.]

절로 움직이는 손. 그리고 뻗어 나가는 질서정연한 일곱 대의 화살.

퍼엉!

터져 나가는 풍폭의 화려함과 꿰뚫으려는 일점사의 괴력이 가슴이 뚫려 괴성을 내지르는 몬스터의 복부에 꽂혔다.

[1,440의 대미지를 입힙니다.]×3
[2,592의 추가 대미지를 입힙니다.]×3
[크리티컬이 터집니다.]
[2,880의 대미지를 입힙니다.]
[5,184의 추가 대미지를 입힙니다.]

이번에는 겨우 4번째 화살에 복부가 꿰뚫렸다. 남은 3대의 화살은 허무하게 비어버린 공간을 지나칠 뿐이었다. 그럼에도 불구하고 총 피해량은 앞선 공격보다 훨씬 컸다.

무려 20,000에 달하는 대미지를 입혔으니까.

크, 크르르.

가슴과 복부가 뚫린 채 비틀거리는 몬스터.

아직 죽을 정도는 아니었다.

남은 두 마리는 아머나이트들의 방패에 막혀 이러지도 저러지도 못하는 상태였고 무혁은 여유롭게 남은 스킬들을 하나씩 확인할 생각이었다.

일점사는 충분하고, 이번에는 무음사를 사용해봤다.

파천궁술 제 2초식, 무음사.

아무것도 없던 손가락 끝에서 일렁거리는 무언가가 생겨났다. 보이진 않았지만 명확하게 느낄 수 있었기에 불편함은 없었다.

시위에 걸고 강하게 당긴 후 놓았다.

파앙!

허공이 일그러진다 싶은 순간.

키아아아악!

몬스터가 고통에 절규했다.

아주 마음에 들어.

유저를 상대할 때 더욱 빛을 발할 것이 분명했다.

다음.

풍폭, 파천궁술 제 3초식, 파천사.

화살 한 대에 어마어마한 기운이 서렸다.

몬스터의 미간을 겨냥하고.

후읍!

숨을 참은 채 시위를 놓았다.

[크리티컬이 터집니다.]

[7,680의 대미지를 입힙니다.]

[13,824의 추가 대미지를 입힙니다.]

21,000이 넘어가는 대미지였다.

"하······."

이걸 유저에게 사용한다면?

방패로 막긴 하겠지만 70퍼센트의 피해를 흡수할 테고. 거기에 방어력을 감안한다고 하더라도 4천 정도의 HP는 깎아낼 수 있으리란 계산이 섰다.

미쳤군.

아무튼 대단히 흡족했다.

파천신궁은 대만족이야.

다음은 백호보법과 백호검법을 확인할 차례였다.

백호보법을 사용하는 순간 인지력이 달라졌다. 마치 평생을 살아오면서 단 한 번도 인지하지 못했던 3의 눈이 지금 밝혀진 기분이었다.

아무것도 보이지 않는 상태에서 눈을 떴을 때, 그때서야 비로소 보이는 세상들. 인지되는 것들. 당연하게 여겨지는 모든 것이 지금은 낯설게, 그리고 새로운 감각으로 시야를 채웠다.

신비로우면서도 기묘한 느낌.

저벅.

무혁은 몬스터에게 다가가며 기대를 감추지 않았다.

휘잉.

그 순간 휘둘러진 몬스터 한 마리의 주먹.

오호, 이런 식이구나.

윈드 스텝이 단지 움직임을 빠르게 만들어준다면 백호보법은 속도만이 아니라 나아가야 할 새로운 길을 제시하고 있었다.

스윽.

너무나 쉽게 주먹을 피하면서 몬스터의 측면 하단에 자리를 잡았다. 지금까지 왜 이런 쉬운 길을 발견하지 못했던 것인지 의아할 지경이었다. 가만히 기다리니 뒤늦게 몬스터가 무혁을 발견하고는 공격을 시도해 왔다.

동작이 커.

몸을 슬쩍 비틀며 피한 후 회전하여 놈의 뒤에 위치했다.

백호검법 제 1초식, 백호결.

무혁의 검이 앞으로 뻗어 나갔다.

단 한 번의 검격이었건만 그 주변에 일곱 개의 검날이 추가되었다. 어쩌면 환상일지도 모를 그것들이 몬스터의 신체에 꽂혔고.

[1,560의 대미지를 입힙니다.]×8

여덟 번의 대미지가 놈에게 들어갔다.

"와우……!"

그야말로 판타스틱.

무혁의 눈에 절로 탄성이 어렸다.

대박이잖아!

다시 한번 사용해 보기로 했다.

풍폭, 백호결.

강제로 사용한 탓에 750의 MP가 소모되었지만 개의치 않았다. 그보다는 어떤 결과가 나올지에 훨씬 더 집중한 상태였으니까.

또다시 휘둘러지는 여덟 개의 검날.

퍼엉!

아쉽게도 일곱 검날에선 폭발이 일어나지 않았다.

[1,560의 대미지를 입힙니다.]×8
[2,808의 추가 대미지를 입힙니다.]

아쉬웠지만 1만 5천에 가까운 대미지를 입혔다.

이걸 유저에게 사용한다면?

절로 그림이 그려진다. 몬스터야 몸집이 워낙에 커서 아무 곳이나 노려도 여덟 번의 대미지가 들어갈 수 있었다. 하지만 유저는 몬스터와는 달리 빠르고 또 몸집이 몬스터에 비해선 아주 작은 편이었으니 제대로 중심을 노려야만 제대로 된 대미지를 입힐 수 있으리라.

전부 적중시키긴 어렵겠지만 그래도 활용 범위는 어마어마했다.

좋아.

곧바로 다음 스킬을 사용했다.

풍폭, 백호검법 제 2초식, 백호파.

역시 이번에도 첫 번째 공격에서만 풍폭이 터졌다.

하지만 그런 사실에 신경을 쓸 겨를이 없었다. 신체가 절로 움직이면서 보이는 광경들이 생각하지도 못했던 놀라움을 선사해 주고 있었기 때문이다. 마치 스스로가 빛이 되어 움직이는 것처럼 새롭게 인지되는 세상은 말로는 설명하기 어려울 정도로 황홀했다.

"하아……."

동작을 멈춘 순간 터져 나오는 탄성.

후웅!

다가오는 몬스터들의 공격에 자연스레 반응하는 보법.

그야말로 최고였다.

대미지는 1초식과 흡사한 1만 5천가량이었지만 지금까지 사용했던 모든 스킬 중에서 가장 마음에 들었다.

스윽.

뒤로 물러난 후 마음을 추슬렀다.

진정하자. 스켈레톤이 몬스터들의 공격을 막아내는 사이 심호흡을 뱉어낸 후 다시 접근했다. 마지막 남은 3초식을 사용하기 위함이었다. 설명만 본다면 거리를 두고 사용하는 게 좋을 것 같았기에 적당한 곳에서 멈췄다.

아머나이트, 후퇴.

명령을 내리고 타이밍에 맞춰 검을 그었다.

백호검법 제 3초식, 백호참.

검에 강대한 기운이 담기더니 새하얀 형상을 이뤄냈다. 이후 휘둘러진 검날에서 새하얀 형상이 반달이 되어 뻗어 나갔다.

서걱.

거대한 반달에 베어진 세 마리의 몬스터.

[크리티컬이 터집니다.]

[6,000의 대미지를 입힙니다.]

[10,800의 추가 대미지를 입힙니다.]

[강한 절삭력이 '과다출혈'을 일으켰습니다.]

[몬스터의 HP가 초당 100씩 줄어듭니다.]

상당한 피해와 함께 과다출혈에 걸렸다.

미친······!

좋아도 너무 좋았다. 특히 범위가 넓다는 게 가장 마음에 들었다. 그동안의 수련이, 그리고 사용한 공헌도가 너무 부족하다는 생각이 들 정도였다.

"오빠."

그때 예린이 다가왔다.

"응?"

"스킬 엄청 멋있었어."

그녀의 칭찬에 무혁이 웃었다.

"고마워."

"전부 다 확인한 거야?"

"맞아."

"으응, 그럼 우리 이제 뭐 해?"

"음, 스킬도 확인했고……."

생각해 보면 더 이상 백호세가에서 머물 이유가 없었다. 무공이 스킬로 적용된 이상 사냥하면서 자주 사용하다 보면 절로 레벨이 오를 테니까.

"음, 남은 보상 받고 전부 레벨 200 찍은 다음에 포르마 대륙이나 다녀오자."

"포르마?"

"응, 200레벨 스킬도 배워야 되니까."

"아아, 그럼 지금 백호세가로 가는 거야?"

"당장 돌아가긴 그렇고. 몬스터 조금만 잡고 갈까?"

"응!"

그렇게 사냥이 시작되었다. 잠시 후 충분히 경험치를 올리고 백호세가로 향했다. 가는 길이 꽤나 시끄러웠다.

"와, 진짜 끝내주더라. 죽여줬다고!"

"그래, 그래."

"크, 보법은 장난 아니던데? 무슨 시야가 슉슉, 그리고 검법 2초식 써봤지?"

성민우의 목소리가 고막을 때린 탓이다.

"넌 처음이라 모르겠지만 난 연계공격 스킬 사용하면 그래도 좀 비슷한 느낌⋯⋯."

정말 스킬이 마음에 든 모양이었다.

평소에도 말이 많았지만 지금은 몇 배는 더 많았다.

"오빠, 시끄러!"

"어, 어어? 그런가? 내가 말이 좀 많았나? 아니, 그냥 무공이
생각보다 더 좋아서⋯⋯."

"알았어."

성민우가 슬쩍 김지연을 쳐다봤다. 그녀의 표정이 말하고
있었다.

시끄러워요⋯⋯.

그에 성민우가 입을 꾸욱, 다물었다.

무혁이 스킬을 사용하던 모습을 일루전TV를 통해 그것을
확인한 방청자들.

-와, 미친⋯⋯?

-저거 백호세가에서 배운 거죠? 돌았다. 진심으로!

-겁나 세잖아ㅋㅋㅋㅋㅋㅋ

-진짜 몸놀림이 장난이 아닌데요?

-무협 영화 보는 줄ㅋㅋㅋㅋ

-무혁 님 이제 더 독보적으로 강해지셨네ㅎㅎ

-압도적 1위, 노려봅시다.

-근데 다크 님이 아직도 레벨은 더 높음.

-진심 둘 다 괴물임.

짧은 감탄과 탄성, 그리고 이어지는 정보의 유출.

[제목 : 무혁 님이 백호세가에서 무공을 배웠는데 개사기ㅋㅋ]

[내용 : 영상인데 보세요ㅋㅋㅋㅋ]

비슷한 글이 홈페이지를 채웠다. 관심이 생긴 이들이 백호세가로 향하기 시작했고 무혁이 사냥을 하는 동안 이미 정문 앞에 진을 친 상태였다. 그 사실을 모르는 무혁은 속도를 높여 마우림 소도시에 진입했다.

"음? 평소보다 유저가 많은데?"

백호세가로 향하면서 깨달았다.

아, 일루전TV.

무혁은 실책을 깨달으며 상황을 살펴보기 위해 힘겹게 백호세가로 접근했다. 생각보다 많은 이가 무인을 상대로 무어라 말하고 있었다.

"아니, 좀 들어가게 해주시죠?"

"안 됩니다."

"거참, 우리도 공헌도가 있다니까 그러네? 공헌도 사용해서 무공 좀 배우겠다고요!"

"안 됩니다."

"아니, 왜 되는 사람은 되고 우린 안 되는데!"

"차별하냐!"

"우리도 무공 배우게 해달라고!"

공헌도를 지닌 이들은 당연히 소수였다. 나머지는 그냥 콩고물이라도 떨어지지 않을까, 혹은 재밌는 구경거리라도 생길까 싶어서 참석한 자들이었다.

"일단 말이라도 전해 달라고!"

"……."

갈수록 커지는 목소리와 욕설. 무인 둘의 표정이 굳는다. 동시에 조금씩이지만 기세가 피어오르기 시작했다.

그 순간이었다.

끼이익.

백호세가의 문이 열리며 좌호법, 백원호가 등장했다.

"좌호법님, 나오셨습니까."

"무슨 일이냐."

"그게……."

설명을 들은 백원호가 유저들을 쳐다봤다.

"우습군. 지금 당장 꺼지지 않으면 백호세가와 싸우겠다는 뜻으로 알겠다."

그 말에 움찔하는 유저들.

"하, 진짜 더러워서."

대부분이 물러섰지만 몇 명은 버텼다.

"싸우겠다는 거군."

"그게 아니라, 우리도 공헌도가 있으니……."

그들이 말을 마치기도 전, 백원호가 움직였다.

서걱.

순식간에 뽑혀진 검이 유저들의 목을 갈라 버렸다. 방어력이라는 시스템의 보호를 받고 있기에 신체가 잘리는 건 저레벨이 아니라면 경험할 일이 거의 없다고 보면 된다. 그 경험 역시 목이 아니라 팔이나 다리와 같은 부분일 뿐이었다.

그런데 지금, 백원호는 유저의 목을 잘라내 버렸다.

"어, 어……?"

방어력이라는 시스템을 아득히 능가해 버린 것이다. 그 탓에 유저는 즉사했고 주변에 있던 이들은 허겁지겁 물러났다.

"뭐, 뭐야?"

그 놀라운 광경에 무혁이 눈을 빛냈다.

3초식, 백호참이었어.

분명 새하얀 기운을 얼핏 확인할 수 있었다. 서둘러 다시 스킬을 확인했고 절삭력이 기하급수적으로 증가한다는 문구가 유난히 눈에 들어왔다.

그렇다. 3초식에 숨겨진 진정한 효능이 바로 저것이었다.

즉사 효과.

그 말은 백호검법의 레벨을 충분히 올렸을 경우 무혁 역시 저러한 능력을 사용할 수 있다는 소리였다. 언젠가 다가올 그 날을 상상하자 절로 몸이 떨렸다. 극한의 희열과 기대감이 전신을 지배해 버린 탓이었다.

백원호의 무력시위 덕분일까.

"꺼져라."

상황이 곧바로 정리되었다. 눈앞에서 겨우 칼질 한 번에 죽어버린 유저를 확인했는데 누가 감히 나설 수 있으랴.

물론 죽어버린 유저의 레벨이 얼마인지는 알 수 없었지만 그렇다고 해서 백원호의 방금 전 실력을 보고서도 객기를 부릴 수 있는 간 큰 유저는 단 한 명도 없었다. 모두들 충격을 받은 표정으로 주춤, 거리며 물러섰다. 물론 가장 충격을 크게 받은 건 누가 뭐라고 해도 무혁이었지만 말이다.

즉사라니……!

아직도 백원호의 칼질에서 느낀 그 힘에 취해 버린 상태다. 옆에 있던 예린이 살짝 팔짱을 끼는 느낌에 겨우 정신을 차렸다.

"오빠?"

"어? 어어."

"유저들 다 빠져나갔는데……."

"아, 가자."

"응!"

걸음을 옮기면서도 백호검법의 3초식만 생각이 났다.

백호참……. 생각할수록 확신하게 되었다. 최고의 스킬이 손에 들어왔다는 사실을.

저벅.

이윽고 도착한 정문. 아직 그 자리를 지키고 있던 백원호가 무혁과 일행을 보더니 표정을 풀었다.

"들어가지."

"네."

"확인은 잘했나?"

"아주 잘했습니다."

"어떻던가."

"그야말로 최고더군요."

"허허."

함께 도착한 곳은 가주의 집무실이었다.

"가주님은 안에 계시네."

"왜, 여길……?"

"떠나려는 게 아닌가."

"……."

"부디 앞으로도 열심히 노력하게나."

"예."

"가보게."

동료와 함께 앞으로 향했다.

문에 도착하기도 전.

"왔나?"

기척만으로 무혁임을 알아챈 것이다.

"네."

"들어오게나."

내부로 들어가 이런저런 대화를 나눈 후, 본론을 꺼냈다.

"이제 떠나려고 합니다."

"그렇군. 아직 내가 줘야 할 게 남아 있었는데 잠깐 기다리게."

백호운이 문서 하나를 가지고 왔다.

"받게."

"이건 뭡니까?"

"카이온 대륙에는 한 가지 거대한 소문이 있지. 발길이 닿지 않는 곳. 아직 밝혀지지 않은 어느 곳에는 대륙을 뒤흔들 만한 힘이 숨겨져 있다는 소문. 무수한 탐험가들이 도전했고 또 실패를 경험했던 곳. 이 지도는 그 정보들이 담겨 있는 보물일세."

무혁의 눈이 빛났다.

[카이온 대륙의 소문을 접하셨습니다.]
[메인 에피소드에 대한 힌트를 얻었습니다.]
[연계 퀘스트 '카이온 대륙의 미개척 지역'이 발동됩니다.]

메시지가 아니었더라도 알 수 있었다, 저 지도의 가치를.

미개척 지역에 대한 정보가 가득 들어 있을 것이다. 숨겨진 힘을 얻기 위한 행보에 아주 큰 도움을 줄 수 있는 물건이 될 것 같았다.

"이것으로 내 부탁을 들어준 것에 대한 보답은 끝났네."

"그동안 감사했습니다."

"허허, 오히려 내가 고맙지. 자네가 아니었다면 난 이방인들의 태도에 실망해 완전히 배척했을지도 모를 일이니까. 하지만 자네를 만났기에 경계심은 갖되, 예의는 차릴 생각이네. 물론 그들이 우리에게 먼저 예의를 차리는 경우에만."

백호운이 몸을 일으켰다.

"가지."

"예."

함께 자리를 지키던 성민우와 예린, 그리고 김지연도 자리에서 일어났다.

　　　　　　　　　　　◍

백호세가에서 나온 후 최남단 왕국으로 워프했다. 조금 더아래로 내려가면 검은 늪지대가 나오는데, 그 중앙에 포르마 대륙으로 향하는 워프 게이트가 위치하고 있었다. 대륙으로 이동하는 길인지라 유동인구는 적지 않았다.

"어, 야, 저기 봐."

"뭔데?"

"저기, 저기. 최상위 랭커 아냐?"

"랭커? 누구?"

생각보다 자주 무혁이 시선을 모으기도 했다.

"어, 맞는 거 같은데? 군마에. 인원도 네 명이고 아이템도 거의 똑같은데?"

"그치? 무혁 맞지?"

"오호, 진짜네?"

"크, 신기하구만."

시선이 너무 몰리는 기분이었다.

"무혁 님!"

누군가는 무혁에게 다가와 방송 잘 보고 있다면서 인사도 해왔다. 기분은 괜찮았지만 시선이 너무 몰리게 되면 귀찮은 일도 종종 일어날 것이 분명했다.

"너무 보는데?"

"그러게."

"잡템 몇 개 있는데 그걸로 바꿔 입고 가자."

방향을 틀어 유저가 드문 곳에서 아이템을 바꿔서 착용했다. 그리고 다시 검은 늪지대로 향하는 길목으로 접어들었다.

"후, 이제 좀 조용하네."

네 사람은 웃으며 이런저런 대화를 나눴다. 나오는 몬스터의 수준도 아직까지는 낮은 편이라 긴장할 필요가 없었기에 오랜만에 여유를 만끽할 수 있었다. 느긋하게 이동하기를 20여 분, 드디어 검은 늪지대에 도착했다.

"빠르게 가자고."

"오케이."

"응, 스피드하게!"

자신감과 실력은 차고도 넘쳤다.

망설임 없이 내부로 들어섰고.

"몬스터가 많네."

넘치는 몬스터를 확인한 후 아이템을 기존의 것으로 갈아입었다. 이후 각자의 소환수를 불러낸 후 걸음을 내디뎠다.

"덤비는 몬스터는 다 처리하자고."

몬스터를 향해 나아가는 스켈레톤들. 강력한 존재감을 뿌리는 정령과 작지만 날렵하게 뛰어다니는 다람쥐들.

그 와중에 몇 마리는 포이즌 오우거나 설인, 그리고 자이언트 외눈박이의 어깨에 올라타기도 했다.

작고 귀엽지만 꾸준히 강화를 시도한 덕분에 현재는 결코 무시할 수 없는 파괴력을 지니게 되었다. 절묘하게 조화된 소환수들은 접근하는 각종 곤충형 몬스터들을 압도하며 길을 안내했다.

무혁과 성민우, 예린과 김지연은 나타나는 한적한 길을 여유롭게 거닐었다.

[경험치를 획득합니다.]

['검뼈3'이 역소환……]

대략 10분 정도가 흘렀을 즈음.

"어, 이제 멈춰야겠는데?"

소환수의 80퍼센트가량이 사라졌다. 더 나아갈 순 있겠지만 그렇게까지 무리를 할 필요는 없었다. 게다가 유저들이 꽤 많은 초입 부분에서 멈춰주는 게 적당하기도 했고 그래야만 무혁과 그 일행을 바라보는 저들이 접근할 수 있을 테니까.

"저, 저기."

"네?"

"실례지만 합류할 수 있을까요? 레벨은 191이고 직업은 궁수입니다. 여기 있는 제 동료들도 저랑 레벨은 똑같거든요."

한 사람의 몫은 할 수 있다는 의미.

"그렇게 하죠."

"감사합니다!"

그들이 쉽게 합류를 해버리자 눈치만 보던 이들이 용기를 냈다.

"저, 저희도 될까요? 레벨은 193입니다!"

"저도 가능한지⋯⋯?"

무혁이 웃으며 고개를 끄덕였다.

"포르마 대륙으로 가시는 분들이라면 환영입니다. 어차피 가는 길인데 다들 힘을 합치면 더 빠르고 좋죠."

"오오! 역시⋯⋯!"

"무혁 님, 팬입니다!"

"저도요!"

"감사합니다. 그럼 저희도 합류를 좀⋯⋯."

순식간에 수십이 넘는 유저가 뭉쳤다.

"지금은 제가 소환수가 대부분 죽어버렸네요. 쉬었다가 갈까요?"

"사람도 이렇게 많은데⋯⋯."

"맞아요. 몬스터야 저희가 잡으면 되니까요."

"그럼 신세 좀 질게요."

무혁의 소환수가 없을 땐 합류한 유저들이 몬스터를 사냥

한다. 무혁과 팀원 역시 도와주긴 할 것이다. 그러다 재소환시간이 오면 소환수를 불러 유저들을 쉬게 하고 소환수로 돌파를 진행한다.

그렇게 서로가 서로에게 이득이 되는.

말하자면 win-win 전략이었다.

to be continued

우진 현대 판타지 장편소설
WISHBOOKS MODERN FANTASY STORY

다시 태어난 베토벤

1827년 한 남자의 죽음으로 고전 시대가 저물었다.

**그러나
그가 지핀 낭만의 불씨가 타오르니
비로소 새로운 시대가 열렸다.**

긴 시간이 흘러 찬란했던 불꽃도 저물어 갈 즈음.
스스로 지핀 불씨를 지키기 위해
불멸의 천재가 다시 태어났다.

〈다시 태어난 베토벤〉

**마치 운명이 문을 두드리듯
힘차게 손을 뻗어 외친다.**

"아우아!"

나는 될 놈이다

글쓰는기계 게임 판타지 장편소설
WISHBOOKS GAME FANTASY STORY

판타지 온라인의 투기장.
대장장이로 PVP 랭킹을 휩쓴 남자가 있다?

"아니, 어디서 이런 미친놈이 나타나서…….'

랭킹 20위, 일대일 싸움 특화형 도적, 패배!

"항복!"

'바퀴벌레'라고 불릴 정도로
끈질긴 생명력을 가진 성기사조차 패배!

"판타지 온라인 2, 다음 달에 나온다고 했지?"

평범함을 거부하는 남자, 김태현!
그가 써내려가는 신개념 게임 정복기!

쥐뿔도 없는 회귀

목마 퓨전판타지 장편소설

불친절하기 짝이 없는 이세계 '에리아'.
그곳에 소환된 '이성민'.

13년의 생활 끝에 죽음을 맞이한 그에게
또 한 번의 기회가 주어졌다.

재능이 없다.
그러나 그에겐 13년의 기억이 있다.

우연처럼 엮인 필연이, 그리고 목적이
그를 앞으로, 더 높은 곳으로 나아가게 한다.

이성민은 무엇을 바라였는가.
무엇이 되고 싶었는가.

"나는 다시 살아가 보고 싶다.
전생보다 나은 삶을."

비츄 게임 판타지 장편소설

가상현실 게임 올림푸스에 드디어 입성했다.
그런데…… 납치라고!?

강제로 시작된 20년간의 지옥 같은 수련 끝에
마침내 레벨 99가 되었다.
그렇게 자유를 만끽하려던 순간.

정상적인 경로를 통한 레벨 업이 아닙니다.
시스템 오류로 레벨이 초기화됐다.

"이게 무슨 개 같은 소리야!!"

그런데, 스탯은 그대로다?!
게다가 SSS급 퀘스트까지!

**한주혁의 플레이어 생활은
이제부터가 시작이다!**

Wish Books

무공을 배우다

목마 퓨전 판타지 장편소설
WISHBOOKS FUSION FANTASY STORY

"무(武)를 아느냐?"

잠결에 들린 처음 듣는 목소리에 눈을 떴을 때,
눈앞에 노인이 앉아 있었다.

"싸움해 본 적 있나?"
"없는데요."

[무공을 배우다.]

20년 동안 무공을 배운 백현,
어비스에 침식된 현대로 귀환하다!

'현실은 고작 5년밖에 지나지 않았다고?'